재개발 단지에 버려진
식물을 구조하는

여기는
'공덕동
식물유치원'
입니다

재개발 단지에 버려진
식물을 구조하는

여기는
'공덕동
식물유치원'
입니다

백수혜
지음

© 류한경

© 류한경

© 유한길

© 류한경

차례

○　○　　○　　어서 오세요,
　　　　　　　식물유치원에

○   ○   ○   남겨진 것들은
                강하다

어서 오세요,
식물유치원에

1
재개발 단지에서의 만남

나는 집이 그곳에 살 사람을 선택한다고 생각한다. 아무리 내 마음에 드는 집이라도 그곳에 살기 위해 충족해야 하는 것들이 많으니까. 지금까지 비용, 위치, 이사 날짜 등 여러 조건을 모두 갖춘 경우는 잘 없었다. 그래서일까. 내 집을 가진다는 생각을 아주 어릴 때도 해본 적이 없다. 이곳저곳 떠돌다가 내가 마음 두는 곳을 내 집이라 여겼고, 집을 꼭 서류로 소유할 필요 없는, 그저 잠시 머물다 가는 장소라고 생각했다.

2021년 6월, 또다시 마음 붙일 곳을 찾아 헤맸다. 그전 해 지방에서 열린 예술인 프로그램에 참여하고 돌아와서일까, 도시의 번듯한 신축 빌라나 깔끔한 오피스텔보다는 지어진 지 오래된 아늑하고 소박한 곳을 찾아다녔다. 한정된 예산에 맞는 곳을 찾아 돌고 돌다 보니 언제 없어질지 모르는 공덕동 재개발 단지 근처에 있는 작은 집을 구하게 되었다. 집을 보러 간 날, 대문을 열자마자 작은 마당과 창고가 한눈에 쏙 들어왔다. "와아!" 하고 탄성이 절로 나왔다. 집 안보다 마당의 매력에 푹 빠져 다른 곳을 살필 새도 없었다. 다행히 집도 내가 마음에 들었는지 조건이 맞아 바로 이사했다.

　　이사 온 후, 집 정리를 끝내기 전에 동네를 탐방했다. 적어도 2년 동안 나의 동네가 될 곳을 살피는 일은 이사할 때마다 하는 하나의 의례다. 집에서 가까운 편의점과 마트가 어디에 있는지, 마을버스는 어디로 오가는지 둘러보고, 동네 식당과 술집들을 기웃거리며 도장 깨기를 다짐하던 차, 한 주택에 덕지덕지 붙어 있는 노란색 테이프가 눈길을 끌었다. 노란 바탕에 빨갛게 '진입금지'라고 프린트된 긴 테이프는 마치 범죄 현장의 폴리스라인과 비슷해 보였다. 더불어 커다란 '공가 출입금지' 스티커들이 굳게 닫힌 대문에 떡하니 붙어 있었다. 집에서 100m 정도 떨어져 있는 이 단지는 재개발이 확정되어 주민 대부분이 이미 이주하여 건물을 폐쇄했다는 안내 표시였다.

　　신문이나 TV에서만 보던 광경을 보니 신기했다. 호기심에 이끌려 재개발 단지의 골목을 배회했다. 건물에 들어가는 건 불법이라고 스티커에 명시되어 있었지만, 다행히 골목을 걸어 다니는 건 제재가 없었다. 동거인과 함께 돌아다녀보니 여러 가지가 눈에 띄었다. 누군가 내다 버린 작은 탁자나 짜임새 좋은 라탄 의자 등 새것과 다름없는 물건이 곳곳에 있었다. 중고를 좋아하는 우리는 버려진 물건들을 거리낌 없이 가져왔다. 중고 시장에서 맘먹고 찾아봐도 좋은 물건을 구하기 쉽지 않은데 이런 멋진 것을 길에서 얻다니! 숨겨진 보물을 찾는 기분이라 산책도 할 겸 종종 단지를 둘러보기로 했다.

그러던 어느 날, 건물을 뒤덮고 있는 덩굴식물이 새삼스레 눈에 들어왔다. 마침 식물이 가장 잘 자라는 여름이었다. 사람이 계속 살았다면 진즉에 가지치기되었을 창문을 뒤덮은 담쟁이, 현관과 대문을 가로막고 마구잡이로 주황빛 꽃을 피워낸 능소화, 담장을 빼곡히 덮어버린 돌나물 따위의 식물들. 사람들이 떠나자 마치 기다렸다는 듯 기세등등하게 건물을 점령하고 있었다. 사람이 떠나니 식물 세상이 되었구나. 여태껏 동네를 몇 바퀴나 돌면서도 생각하지 못했던 의문점이 불쑥 떠

어서 오세요, 식물유치원에

올랐다.

　‘이 식물들은 재개발 공사가 시작되면 어디로 가지?’

　의식하자 재개발 단지의 식물들이 더 많이 보였다. 저 큰 감나무는 베어지는 건가? 저 집은 화단에 식물이 빼곡한데다 키우던 건가? 주먹만큼 큰 붉은 장미가 만발한 덩굴은 건물을 무너뜨리면 어떻게 되는 거지? 궁금한 것은 많았지만 어디에 물어도 정확한 답을 얻을 수 없었다. 공사가 진행되면 사라질 것이라고 어렴풋이 유추해볼 뿐이었다. 자라는 데는 오랜 시간이 걸리지만 사라지는 건 한순간이구나. 같이 이사 갈 수 없었던 주인의 마음은 어땠을까? 헤아릴 수 없었다. 알아봤자 나에게 뾰족한 수가 없으니까.

　재개발 단지에 살던 사람들이 재개발 소식을 듣고 좋았을지 막막했을지 나는 모른다. 주민들의 사정은 저마다 다를 것이다. 그들이 떠난 자리는 유령도시 같은 적막감과 쓰레기만 남아 여느 공포영화의 한 장면 같았다. 하지만 한 발자국 더 가까이서 살펴보니 여유롭게 걸어 다니는 길고양이들과 말 그대로 폭풍 성장하고 있는 식물들이 원래 이 터전의 주인은 우리라는 듯 그들만의 세상을 만들며 인간이 만든 정적을 깨고 있었다. 그래, 사람이 살기 전엔 자연의 것이었지. 넓어진 ‘초록 시야’를 장착하고 재개발 단지를 자주 산책하다 보니 구석구석에 숨어 있는 식물들이 눈에 띄었다. 심지어 냄새나서 고개 돌

어서 오세요, 식물유치원에

리던 쓰레기장에서도 보였다. 온갖 것을 버리고 간 인간이 만들어낸 냄새는 지독했지만, 그 틈에서 굴하지 않고 생명을 유지하는 식물들이 있었다. 어떤 이유인지 알 수 없지만, 멀쩡한 화분에 담긴 다육이와 장미허브가 쓰레기 더미에 초라한 모습으로 누워 있었다. 한참 바라보다 윙윙대는 파리와 모기 사이에서 화분을 끄집어냈다. 마침 내가 좋아하는 예쁜 청록색 도자기 화분이었다.

그날은 무슨 날이었던 걸까? 다육이와 장미허브를 들고 집으로 돌아가는 길에 아스팔트에 덩그러니 놓인 나무 도막에서 연둣빛 싹이 올라온 것이 보였다. 화분도 흙도 없이 위태롭게 솟아 있는 새싹 하나. 며칠 전에 비가 와서 빗물을 먹고 홀로 자라고 있던 것이다. 원래는 서 있어야 할 모양새인데 그늘을 벗어나 햇볕을 쬐려고 가로로 누워 자라고 있었다. 어떻게든 살아보려는구나. 그러나 처량하다기보다 환경에 적응해 꿋꿋하게 지내는 것처럼 보였다. 고군분투하는 작은 생명체에 마음이 흔들렸다. 그래, 우리 집에 가자.

그렇게 하나둘 가져온 식물들이 쌓여만 갔다. 마당에 죽 늘어놓은 식물들을 보니 어떻게 해야 할지 막막하면서도 한편으론 너무 뿌듯했다. 그중 아는 식물이라고는 예전에 잠깐 키웠던 장미허브뿐이지만 어떻게든 길러보면 되겠지.

집에 데려온 식물들을 전부 키우기엔 우리 집 마당은

좁았다. 하지만 재개발 단지가 존재하는 이상 구조 활동은 계속될 것 같았다. 우리 집에 와서 잘 자라준 식물들이 더 잘 보살펴줄 다른 집으로 가도 좋겠다는 생각이 들었을 즈음, 이것을 하나의 프로젝트로 만들어 꾸준히 활동해야겠다는 계획이 머릿속에 스쳤다. 이렇게 즉흥적으로 시작된 '공덕동 식물유치원'의 유기식물 구조 프로젝트. 이 프로젝트는 사실 식물들이 시작하게 만든 것이다. 그들이 쓰러지지 않고 살아남아 나를 이끌어주어서, 우리와 함께 살아보자고 내게 손 내밀어주어서 시작된 것이다.

르

그저 최선을
다할 뿐

집에 굴러다니던 일회용 숟가락과 플라스틱 컵이 첫 구조 활동 도구였다. 처음엔 맨손으로 구조했는데, 계속하다 보니 내 손도 손이지만 식물이 다칠 확률이 높았다. 식물 주변의 흙을 세심하게 파헤치고 뿌리가 다치지 않게 뽑으려면 도구가 필요했다. 그리하여 흙을 파헤칠 숟가락과 구조된 식물을 담을 작은 플라스틱 컵을 가지고 다니게 되었다. 뿌리째 뽑힌 식물 중 상태가 괜찮은 것은 흙에, 시들시들한 식물은 물에 꽂아 두고 틈틈이 살펴보며 가만히 두었다. 새로운 터로 이사했으니 숨 돌릴 시간이 필요할 것 같아 쉬게 두었더니 며칠 후 길에서 보았던 모습 그대로 싱그러워졌다.

처음엔 근처 가게에서 적은 용량의 흙을 사 굴러다니는 플라스틱 컵에 담아 심다가, 구조한 친구들이 많아지니 그걸로는 부족해 흙 몇 포대를 주문했다. 활동 시작을 알리니 친구들이 모종삽도 선물해줬다. 몇 안 되는 식물을 돌볼 때는 작은 주전자에 물을 담아 물조리개마냥 사용했었는데 식물이 많아지니 점차 노동 강도가 높아졌다. 그쯤 우연히 재개발 단지에서 주운 파란색 물조리개를 아직까지도 잘 사용하고 있다. 작은 주전자를 사용할 때는 집 안에서 물을 떠 마당으로 나가느라 적어도 두세 번은 왔다 갔다 했었는데, 지금은 마당에 양동이를 두어 빗물을 받기도 하며 나름 머리를 굴린다. 소량의 미네랄과 용존산소를 포함하고 있는 빗물은 식물에게 보약이라니, 마당이 있어 참 다행이지 싶다.

공덕동, 연희동, 노량진 등의 재개발 단지를 돌며 식물을 구조하다 보니 나름의 노하우라든가 방침이 생겼다. 당연하지만 버려진 식물인지 확실히 확인할 것. 재개발 단지엔 때때로 남들보다 늦게 이사 가는 집이 있기 때문에 빈집 앞에 버려진 화분인지 꼭 확인한다. 대체로 버려진 식물은 방치되어 지낸 기간이 눈에 보인다. 사람 손을 타지 않은 기간을 얼추 가늠할 수 있달까.

그리고 일년생 식물은 웬만하면 구조하지 않는다. 지금 있는 장소에서 적응해 살 날도 많지 않은데, 굳이 무리하게 구조하다 상처를 입히는 것이 더 나쁜 선택인 것 같다.

마지막으로 틈새에 뿌리를 깊게 내린 식물은 구조하지 않는다. 아스팔트 틈에서 자라는 식물을 뽑으려다 몇 번이나 뿌리를 뚝 끊어버렸다. 구해주려다 오히려 죽여버린 셈이어서 마음이 쓰렸다. 모든 구조가 성공적일 순 없다고 스스로를 다독거려도 영 마음이 나아지지 않았다. 혹여나 꼭 구조하고 싶은 마음이 들 때면 뿌리내린 보도블록이나 아스팔트 틈 사이에 흙이 있는지, 살살 파볼 만한지 꼼꼼히 확인한 후에 구조한다. 이제는 살짝 흔들어보면 감이 온다.

수많은 식물이 자리 잡은 재개발 단지의 정글을 보며 항상 다짐한다. 내가 모든 식물을 구조할 수 없다고. 재개발 단지에서 내가 할 수 있는 건 능력만큼만 최선을 다해 '계속해서' 식물을 구조하는 일뿐이다.

공덕동
식물유치원

3
식물유치원
개원

식물들이 안정을 취했으니 이제 갈 곳을 정해줘야겠다 싶어 키울 만한 사람을 수소문하고 당근마켓에도 올려봤지만, 반응은 미미했다. 어떻게 알릴 방법이 없나 고민하던 차에 친한 언니 규가 트위터를 추천했다. 코로나19가 한창일 때라 집에서 오랜 시간을 보내는 사람들이 식물에 빠지기 시작하면서 한창 식물에 대한 관심이 늘어난 시기였다. 식물 마니아들이 특히 트위터에 많이 포진하고 있다는 말에 솔깃해진 나는 당장 트위터 앱을 설치했다.

　　트위터에 나를 뭐라 소개하지? 식물을 구조해서 살려 놨으니 '식물구조대'? 구조대라고 하기엔 너무 소박한데. 재개발 단지에 남겨진 식물들을 모았으니 '식물고아원'이라는 이름은 어떨까 싶었지만 함부로 사용할 수 없겠다는 생각에 바로 접었다. 그럼 '미니 식물원'? 하지만 식물원을 운영할 만큼 조예가 깊은 것도 아니고 식물 종류도 다양하지 않은데…. 그렇다고 화원도 아니고. 뭐라고 해야 할까. 열심히 머리를 굴리던 와중에 규 언니가 슬쩍 던진 말. "'식물유치원'은 어때? 네가 데

려온 식물들이 옹기종기 모여 있는 모습을 보니까 왠지 유치원이 떠올라."

유치원이라니! 단어 자체에서 활기차고 즐거운 분위기가 느껴지고, 새싹이 자라는 모습이 아이들과 비슷해 희망을 가득 담고 있어 마음에 쏙 들었다. 아이들의 까르륵 웃는 소리가 사람들을 행복하게 만들듯이 식물이 자라는 모습을 보며 분양받은 사람들이 행복해졌으면 하는 마음에 '공덕동 식물유치원'으로 이름을 정했다. 프로필 사진으로 사용할 새싹과 꽃잎, 식물에게 꼭 필요한 빗방울과 햇빛을 넣은 그림을 그리고 나니 공덕동 식물유치원의 온라인 개원이 실감 났다.

문제는 트위터. 처음 사용해봐서 뭐가 뭔지 파악하기 어려웠다. 일단 '식물'을 검색해서 식물 키우는 사람들을 몇몇 팔로우하고 나니 트위터에서 자동으로 식물에 관심이 많은 계정을 추천해줬다. 그러는 사이 하나둘 늘어나는 팔로워 계정에 틈틈이 들어가 식물 사진에 댓글도 달고 하트도 누르다 보니 친하다고 말하긴 어렵지만 친근한 팔로워도 생겼다. 다른 분들의 식물 사진을 보니 마치 집에 놀러 간 것처럼 신나기도 했다.

직접 가보진 않았지만 사진으로 팔로워들의 식물 구역을 볼 때면 감탄이 절로 나온다. 멋진 선반을 이용해 거실 한쪽에 조화롭게 식물 구역을 만든 분, 베란다 온실에 환풍기와 가습기를 설치해 습도에 민감한 식물들을 모아둔 분, 처음 보는 다육식물인 리톱스만 키우는 분 등 정말 다양한 사람이 있다. 오프라인에서는 당연하게도 키우는 식물을 데리고 다니지 않으니 식물을 좋아하는 사람인지 아닌지 알기 힘들지만, 온라인에서는 금방 알 수 있다. 계정이 식물 사진으로 도배되어 있으니 말이다. 오프라인 친구는 외형, 말투, 관심사 등으로 취향을 파악할 수 있지만, 트위터에선 달랐다. 성별이나 나이 그 무엇도 알 수 없지만 식물을 좋아하는 것만은 확실했다. 게다가 대화를 나눈 적 없어도 피드를 통해 식물의 성장 과정을 함께 지켜보면 마음을 나누는 친구가 생긴 기분이 든다. 죽을까 걱정했던 식물이 새로운 잎을 내면 나도 함께 기분이 좋고, 비실대다 결국 초록별로 떠나버리면 같이 슬프다. 온라인 식물계는 댓글이나 메시지로 소통하지 않아도 조용히 애정을 나누는 신비한 관계다.

얼마쯤 지나 사람들과 친해지기 시작하면서 용기를 내 식물 스터디 모임을 개설하기로 마음먹었다. 막상 모집하려고 보니 온라인 친구를 오프라인에서 만나도 될지 걱정이 앞섰다. 그들이 보는 SNS 속의 나는 과연 어떤 이미지일까? 아무도 참여하지 않으면 어쩌지? 고민이 꼬리에 꼬리를 물고 이어졌지만, 다행히 몇몇 분이 함께하고 싶다고 연락을 주셨다. 우리는 이제 매주 만나 그간 접한 식물 관련 책이나 영화, 다큐멘터리 등에서 얻은 정보를 교환하고, 씨앗이나 식물, 과일과 책까지 나누는 사이가 되었다. 신기루처럼 느껴지던 온라인 친구들이 현실세계로 들어왔다. 앞으로도 차근차근 트위터에 적응하며 식물뿐만 아니라 다양한 사람들을 만나면서 배움을 나누고 싶다.

"

식물이 자라는 모습을 보며
분양받은 사람들이 행복해졌으면
하는 마음에 '공덕동 식물유치원'으로
이름을 정했다.

"

4

잊지 못할
첫 졸업생

재개발 단지에서 구조해 온 식물 중, 이름 모를 다육이들은 차치하고 나무 도막처럼 생긴 식물이 가장 궁금했다. 인터넷에 검색해보니 '알로카시아'라는 멋진 이름을 가진 친구였다. 사진 속 거대한 모습을 보니 나도 멋들어진 잎사귀를 뽐내는 우람한 모습으로 키우고 싶어졌다. 아스팔트에서 누운 상태로 싹이 나버린 알로카시아를 바로 데려와 물에 담가 세워주니 요상한 'ㄱ'자 형태가 되었다. 잎은 빛을 향해 위로 자랄 것 같지만, 너무 큰 뿌리는 어찌 하나 싶어 찾아보니 잘라줘도 된단다. 깨끗이 닦은 식칼을 들고 과감하게 동강동강 잘랐다. 일단 수경으로 키워볼 요량으로 작은 나무 도막들 하나하나 물을 담은 유리 종지에 담가놓고 한숨 돌리려고 보니, 손의 느낌이 이상했다.

아무리 씻어도 수천 개 아니 수만 개의 바늘이 손바닥을 콕콕콕 찌르는 느낌이었다. 부랴부랴 다시 인터넷을 찾아보니 이제야 보이는 무시무시한 경고문. "알로카시아는 독성이 있는 천남성과의 식물로 식물액이 몸에 닿으면 안 되니 꼭 장갑을 끼고 만지세요!" 왜 이걸 이제 봤니…. 딱히 해결 방법은 없는 듯해 이 꽉 물고 버텼더니 한 시간 남짓 지난 후에야 제 감각을 되찾았다. 눈을 비비지 않은 것을 다행이라 생각하며 혹독한 첫 만남을 마쳤다.

과연 이 친구는 잘 자랄 것인가, 이미 싹이 나 있었는데 괜히 자른 건 아닐까 고민한 것도 잠시, 알로카시아는 다시금 새싹을 틔웠다. 요상한 각도로 자란 싹들은 해를 따라 다시 올바른 모양새를 잡아갔고, 내가 자른 나무 도막 같던 아이들도 양쪽에 슈렉의 귀처럼 동그란 모양으로 싹을 틔웠다. 새로 난 잎의 보드라운 촉감과 싱그러운 연둣빛의 매력에 푹 빠져 있을 때쯤 깨달았다. 인터넷이나 화원에서 볼 수 있는 웅장한 알로카시아와 거리가 먼, 마구잡이로 잘라놓은 앙증맞은 이 알로카시아를 누가 데려갈까? 구하기 어렵거나 값이 비싼 식물도 아닌데 관심이나 받을 수 있을까? 안 되면 내가 다 키우면 된다는 생각으로 트위터에 알로카시아를 만난 이야기와 함께 사진을 여러 장 올렸다.

반신반의하며 신경을 끄고 있었는데, 잠시 후 띠롱띠롱 핸드폰 알람이 울렸다. 몇몇 분이 알로카시아 입양에 관심이 있다고 연락을 주신 거였다. 예쁘지 않아도 충분히 괜찮다는 내 마음을 알아주는 사람들이 있던 것이다. 생각보다 빠른 시간 내에 알로카시아를 모두 졸업시킬 수 있었다. 스쿠터를 타거나 걸어서 알로카시아를 새로운 입양자들에게 데려다주었

다. 키우는 방법을 간단히 전수하고 독성이 있으니 절대 맨손으로 만지지 말라고 당부한 후 작별인사를 했다. 잊지 못할 식물유치원 첫 졸업생 알로카시아. 이제 정말 안녕, 우리 집에서 보다 잘 지내야 해!

5

다육이는 키우기
쉽다면서요

가장 처음 구조했던 식물 중 하나는 '다육이'였다. (정확히는 '다육식물'이라고 불러야 하지만 친근하게 '다육이'라 칭한다.) 종류가 수만 가지나 되는, 어디서나 쉽게 구할 수 있는 익숙한 식물 다육이. 요즘은 다이소에서도 판매하니 다육이를 키우고 싶으면 언제든 쉽게 살 수 있다. 가격도 꽤 저렴한 데다가 쉽게 개체수를 늘릴 수도 있고 잘만 키우면 몇 년 후 나무 같은 우람한 자태를 보여주기도 한다. 동네 미용실이나 부동산을 지나가다 다육이가 이렇게까지 클 수 있구나 하고 놀란 적이 한두 번이 아니다. 다육이는 식물을 좋아하는 사람이라면 한 번쯤 키워봤을 정도로 흔한 식물인데, 아마도 관리가 까다롭지 않아서 많이 찾는 것 같다. 관리가 쉽기로 둘째 가라면 서러운 선인장보다 빨리 자라기 때문에 크는 모습을 지켜보는 뿌듯함 또한 남다르다. 게다가 다육이 번식은 인터넷에 범람하는 정보로도 누구나 손쉽게 할 수 있어 주변에 나눠주기 좋은 식물이다.

오래전 다육이를 키울 때 웬만한 관엽식물보다 돌보기 어려웠기 때문에 키울 생각이 쉽게 들지 않았다. 다육이는 나름

바람도 잘 쐬어야 하고, 혹여나 햇빛을 잘 못 받으면 잎과 잎 사이 간격이 벌어져 듬성듬성하게 웃자라 볼품없는 모습이 된다. 매일 물을 필요로 하진 않아 이따금 줘야 하는데 이따금이 점점 길어지다 보면 깜빡하고 말려 죽이기 십상이다. 때론 필요한지 아닌지 긴가민가해서 물을 주면 과습으로 녹아내린다. 생각보다 물 주기가 여간 까다로운 녀석이 아니다.

목이 마르면 잎을 축 늘어뜨리며 자기주장을 강하게 하는 관엽식물이 키우기 쉬워 더 좋았지만, 구조하다 보니 얼결에 다육이가 잔뜩 생겨버렸다. 수많은 다육이를 초록별로 보낸 데 따르는 미안함 때문에 시장에서 아무리 귀여운 다육이를 봐도, 서울 근교를 드라이브하며 마주친 수많은 다육 농장 비닐하우스의 유혹에도 절대 넘어가지 않았던 나인데…. 잘 키울 자신이 없어 뿌리만 잘 자리 잡으면 어서 빨리 졸업시켜야겠다고 생각했다. 다행히도 주변에 다육이를 키우고 싶어 하는 친구들이 있어 나눠주었다. 나눠주고, 나눠주는데도… 또 남았다. 어딘가에 뿌리를 내리면서 계속해서 영역을 확장하고 있던 것이다. 실수로 놓친 한 뿌리가 또 이렇게 크다니! 여차여차 한 뭉텅이가 조금 남아 어쩔 수 없이 마당 화분에 심었다. "다육이야. 내가 물을 좀 많이 주면 그러려니 해주렴." 물이 자주 필요한 다른 식물들 틈에서 다육이 하나만 애지중지하기엔 소양이 많이 부족했기 때문에 일괄적으로 물을 주며 다육이에게 양해

를 구했다. 어쩌다 보니 개별 화분을 만들어주지 못해 다른 식물들과 부대끼며 지내게 한 것 같아 미안했다. 하지만 작은 다육이는 죄책감이 들 만큼 너무 잘 자라주었다. 초록의 싱그러움을 가득 품은 보석처럼 탱글탱글한 잎이 어느새 빼곡해졌다.

　　어느 한 식물에게 안절부절 맞춰주기보다 적당히 같이 잘 지내보자는 간절한 마음이 통하면 참 기쁘다. 아무리 생각해도 나의 식물 키우기는 얼렁뚱땅이다. 다육이에게 한정된 것이 아니다. 그럼에도 잘 살아주는 식물에게 항상 고마울 뿐이다. 나름의 방어기제를 발휘하며 키우기 어렵다는 악명 높은 식물은 이리저리 피하고 있지만, 언젠가 마주하게 될 것이다. 드디어 죽이지 않고 많은 다육이를 살려냈으니, 고난도 식물도 언젠가 기회가 되면 잘 키울 수 있지 않을까 하는 자신감도 생겼다. 식물을 좋아하는 사람들 사이에선 웬만큼 친하지 않고서야 키우던 식물을 죽인 일은 쉬쉬하는 분위기다. 하지만 나는 성격상 식물의 상태가 안 좋으면 어떻게 해서라도 도움을 구하려고 인터넷에 자문하는 편인데, 다육이는 상태가 나쁜지 눈치채지도 못한 사이에 초록별로 떠나 어디에 말하지도 못했었다. 그럼에도 계속 키워보는 이유는 앞으로 구조하는 식물들을 잘 살리고 싶은 간절함 때문이다. 이번에 내 손에서 살아남은 기특한 다육이에게 얻은 자신감 덕분에 다음 도전은 한결 수월할 거라 믿어 의심치 않는다.

《

그럼에도 계속 키워보는 이유는
앞으로 구조하는 식물들을
잘 살리고 싶은 간절함 때문이다.

》

6

온라인
식물 친구들

SNS로 친구를 사귀어본 적이 없어 조금 걱정되었지만, 공덕동 식물유치원 계정을 팔로우해주시는 분들은 매우 다정해서 금방 경계 태세를 풀었다. 사실 처음 계정을 만들었을 땐 글을 올릴 때마다 떨려서 동거인에게 제대로 썼는지 확인받기도 했다. 미지의 세계에 발을 디디는 건 꽤 두려운 일이었다. 다행히도 좋은 분들과 이야기하고 교류하다 보니 점점 자신감이 생겨 혼자서도 척척 글을 올리게 되었지만. 구조한 식물이 많아졌을 때쯤 화분과 원예 도구들을 택배로 나눠주신 분도 있었고, 졸업생을 건네드렸을 때 오히려 내 손에 이것저것 더 많이 쥐여주신 분도 있었다. 덕분에 구조한 식물들을 화분에 옮겨 심을 수 있었고, 특히 삽은 지금까지도 구조 활동할 때 요긴하게 쓰고 있다. 구조 활동 초반에는 숟가락을 써서 단단한 지대에서는 사용하기 어려웠는데, 뾰족한 작은 삽이 있으니 활동에 큰 보탬이 되었다.

온라인 친구들은 초보 식집사인 나에게 수많은 정보를 준다. 식물 근처에는 벌레가 있는 것이 당연하다고 생각하면서

어서 오세요, 식물유치원에

도 (우리 집은 대부분 마당에서 키우고 있으니 벌레가 더 많은 편이다.) 처음 보는 벌레가 궁금해서 사진을 올려 물어보니, 식물을 죽이는 해충이라며 서둘러 방제 작업을 하라고 했지만 식물에게 찾아오는 벌레들을 굳이 제거하지 않았다. 그게 자연스러운 거라 생각했다. 어렵게 핀 레몬 새싹을 애벌레가 파먹을 때도, 나비들이 상추에 알을 낳고 갔을 때도 괜찮았다. 아름다운 나비를 보려면 이 정도는 감수해야 하는 것 아닌가. 처음 본 커다란 나비 애벌레는 귀여워서 작은 입으로 나의 소중한 레몬 나뭇잎을 오물오물 먹어도 용서될 정도였다.

그러던 어느 날 라벤더에 솜사탕처럼 생긴 거미줄이 부숭하게 쳐져 있었다. 아무리 해충을 잘 모른다지만 이 거미줄은 뭔가 심상치 않음을 느끼고 SNS에 사진을 올렸더니 "선생님, 그거 응애예요!" "당장 물로 샤워시켜주세요!" 같은 다급함이 느껴지는 댓글들이 달렸다. 난생처음 들어본 응애는 진드기 종류로 농작물과 과실나무에 기생하는 해충이었다. 그래도 온라인 식물 친구들 덕분에 결말은 해피엔딩이었다. 해충인지도, 어떻게 처리해야 할지도 모르던 내게 훌륭한 식집사님들이 잘 알려주어서 라벤더는 응애를 이겨냈다. 라벤더는 겨울도 무사히 잘 이겨내 6월의 따스한 햇볕 아래 짙은 보랏빛 꽃을 폭죽처럼 터뜨렸다.

한번은 트위터에서 옥잠화가 너무 많아 나누고 싶다는

글을 보고 바로 신청했다. 쉽게 잘 키울 수 있다는 소개 글에 솔 깃했던 것이다. 재개발 단지에서 많이 구조한 비비추와 비슷 하게 생겼는데 꽃이 하얀 점이 다르다. 비비추와 비슷하게 기 르면 되지 않을까 싶어 반신반의하며 받아든 옥잠화의 구근은 무척 튼실해 보였다. 널찍한 곳에 키워야 할 것 같아 특대 사이 즈 화분에 심어주니 빠르게 싹을 틔웠다. 우리 집이 마음에 들 었는지 싱그러운 초록 잎을 무성하게 뿜어내며 금세 울창해졌다. 비비추보다 큰 잎사귀와 깊은 주름이 멋들어졌다. 올봄에는 내 가 옥잠화를 나눠줄 수 있을 것 같다. 이젠 누군가의 호의를 받 으면 나도 베풀고 싶다. 유난히 마음 따뜻한 온라인 식물계의 영향 덕이다.

만나본 적 없고, 앞으로 만날 수 있을지 기약도 없지만 항상 힘이 되는 온라인 친구들이 있어 공덕동 식물유치원을 지 속할 수 있다. 누군가는 트위터가 자기 하고 싶은 말만 떠들어 대는 곳이라고 하지만, 내겐 허공에 내지른 말이 누군가의 답 으로 돌아오는 곳으로 느껴진다. 트위터에선 공감 표시로 '하 트'를 누르는데, 선으로만 그려져 있던 빈 하트가 빨갛게 색칠 되는 걸 트위터 이용자들은 '마음을 찍는다'고 표현한다. 나의 식물 구조 활동 및 성장일지를 보고 마음을 찍어주는 분들이 있다는 사실이 오늘도 나를 버티게 한다. 마음만은 언제나 함 께인 그들이 있어 홀로 하는 구조 활동이 외롭지 않다.

7

초록손
친구

신기하게도 식물 덕분에 온라인뿐만 아니라 오프라인 친구들과의 관계도 더 돈독해졌다. 알고 지낸 지가 몇 년인데 서로가 식물에 관심이 있는 줄 몰랐다. 친구 제제에게 식물 구조 활동 이야기를 하니 본인은 제라늄을 키우기 시작했다며 키우는 식물들을 자랑하는 것이 아닌가. 반가운 마음에 그에게 졸업반 친구들을 선물했다. 몇 달 후, 제제가 보내준 사진을 보고 나는 그가 엄청난 '초록손(식물을 잘 키우는 사람의 손을 일컫는 표현)'의 소유자라는 걸 깨달았다. 비실댔던 식물도 그의 손에 길러지면 건강해지는 것은 물론이요, 더 크게 자라기도 했다. 우리 집에선 이런 크기의 잎사귀를 피운 적이 없는데…! 제제네 집에선 식물들이 잘 클 뿐만 아니라 꽃도 잘 핀다. 비법 좀 알려달라 해도 분갈이 잘해주고 물 잘 주면 다 된다며 별거 없다고 손사래를 치는 그는 진정 초록손이었다. 지금은 그가 대전으로 이사 가 자주 못 보지만 서울 살 때는 종종 술을 마시기도 했는데, 지금도 그때를 생각하면 웃음이 난다. 우리 둘의 영향으로 식물을 키우게 된 또 다른 친구와 나의 동거인까지 넷이 모인 날이었다.

우린 주황 천막이 쳐진 실내 포차에서 자주 만났다. 자리에 앉으면 일단 각자 들고 온 검은 봉지를 테이블에 올려놓고 잔뜩 신이 난 채로 "뭐야, 뭐야?" 하며 들춰봤다. 약속이나 한 듯 봉지 안에는 선물할 식물이 가득했다. 서로가 뭘 키우는지 이미 아니까 친구네는 없지만 우리 집엔 있는 식물을 가지치기한 후 뿌리내어 나누는 것이다. 제제는 나에게 전화로 자랑했던 제라늄과 콜레우스 몇 종류를 주었다. 식물을 좋아하는 사람들 사이에서는 나눔이 빈번해 이를 일컫는 단어가 있다. '소매넣기'. 우리가 아는 '소매치기'의 반대 뜻이다. 내가 키운 식물이 잘 자라 개체가 늘어나면 무조건적으로 주변에 나눠주는 행위를 뜻한다. 좋아하는 것을 함께 나누고 싶은 따스한 마음이 묻어나는 단어다. 친구가 나에게 소매넣기해준 식물이 그다지 취향에 맞지 않아도 일단 친구가 주니까 받은 적도 있다. 그러나 키우다 보면 드는 생각은 매번 같다. '아이고, 안 받았으면 어쩔 뻔했어.' 집에서 물 주고 햇빛 쬐여주면서 매일매일 들여다보면 안 예쁜 식물이 없다.

하도 식물 사진을 메신저로 공유하다 보니 서로가 키우는 식물이 뭔지, 얼마나 자랐는지 잘 아는데도, 우리의 식물 수다는 술과 함께 본격적으로 시작된다. 더 할 말이 있을까 싶은데도 끝이 없다. 꽃이 피었네, 분갈이를 했네, 우리 동네 화단이 예쁜데 누가 가꾸는 걸까, 요새 어디 식물원이 좋다더라 등 식물을 매개로 수많은 이야기가 오간다. 어쩌면 이보다 더 건전한 술자리 주제가 있을까 싶다.

패션 디자인을 전공한 제제는 원래부터 손재주가 좋은 편이다. 내가 뜨개질에 한창 빠졌을 때 궁금해하길래 조금 알려줬더니 이제는 나보다 훨씬 잘한다. 뜨개질을 시작한 지 몇 년이 지난 나는 아직도 인형을 뜰 줄 모르는데 제제는 혼자서

어떻게 했는지 고양이, 토끼 모양 인형을 척척 만든다. 나는 얼마 전 능력의 한계를 깨닫고 결국 뜨개질 취미를 접으며 제제에게 모든 실과 뜨개 용품을 전달했다.

제제는 뜨개질과 마찬가지로 식물도 처음엔 소박하게 시작하는가 싶더니 점점 규모가 늘어나 지금 그의 집 베란다엔 식물이 한가득이다. 그중 내 눈길을 사로잡은 건 수제 화분이었다. 샴푸 통, 린스 통, 생수 통 등을 잘라 미니 화분으로 쓰고 있었다. 게다가 그의 뜨개 솜씨로 완성된 화분 커버와 행잉 그물이 어찌나 멋지던지! 여느 비싼 수제 토분 대신 집에서 나오는 쓰레기를 재활용해 식물의 집을 만들어주고 뜨개로 옷을 입혀준 센스에 감탄했다. 내가 화분을 사지 않고 카페에 버려진 일회용 플라스틱 컵에 식물을 키우는 데는 제제의 영향이 크다. 1년 전쯤 그가 선물해줬던 제라늄은 쑥쑥 자라 쉬지 않고 꽃을 피웠고, 정원에서 직접 채종해준 나팔꽃 씨앗은 봄여름 내내 파란 꽃을 피워 상쾌한 아침을 맞이할 수 있게 해줬다. 아직 부족한 게 많은 나지만, 식물을 사랑하는 만큼 자연을 위하는 초록손 친구를 닮아가고 싶다.

8

방아,
이웃의 선물

공덕동 식물유치원은 서울 한가운데 놓여 있다. 잿빛 삭막함을 떨치기엔 역부족인 아주 작은 공간이다. 그런데 서울 한복판에 위치한 우리 집을 산과 들처럼 누비는 친구들이 있다. 도시에서 마주치기 쉬운 길고양이는 물론이거니와 그들을 피하느라 사람 눈에는 자주 띄지 않지만 무리 지어 지내는 쥐들, 그리고 족제비도 우리 집 주변에서 살아가고 있다. 양철지붕이라 방문객들의 발소리만 들어도 알 수 있다. 후다닥 지나가는 발소리를 들어보면 우리 집 지붕은 어딘가로 향하는 길목인 듯하다. 어떤 동물인가 싶어 궁금해서 기웃거려보지만 막상 마주치면 이야기가 달라진다. 야생동물과 눈을 마주치면 나도 모르게 움츠러든다.

마당에 앉아 넋을 놓고 하늘을 바라보며 오늘은 달이 어느 방향에 어떤 모습으로 떠 있는지 구경하다 보면 핸드폰을 볼 새도 없다. 그러던 어느 날 옆집 옥상에서 우리 집 옥상으로 뛰어가는 족제비를 보았는데… 족제비의 입에 쥐 한 마리가 물려 있었다. 자연의 민낯을 보기 힘든 도시인에겐 놀랍고 충격적인 모습이었다. 공덕동 식물유치원에 사는 나의 반려묘 네로도 야생에서 살면 사냥하는 게 당연할 텐데, 사료를 먹는 네로만 보던 나에게는 자연의 자연스러움이 오히려 부자연스럽게 느껴진다. 주변에 물가도 없는데 족제비가 맞긴 한 건지. 유기된 페럿일지도 모르겠으나 나름 잘 적응해 살아가는 것 같아 신경 쓰지 않기로 했다. 때로는 홀로, 때로는 둘이서 돌아다니는 족제비를 보면 무서운 마음도 들지만 더불어 사는 세상에 적당히 거리 두고 데면데면하면서 잘 지내면 좋은 게 좋은 거지 싶다.

그러던 어느 날, 동물 친구들이 자주 지나가는 옥상 길목에 두었던 화분에서 처음 보는 새싹이 나 있는 것을 발견했다. 내가 심은 게 아니어서 뽑을까 말까 고민했지만, 모르는 식물이라고 잡초로 치부하며 뽑아버리는 것은 내키지 않아 그대로 두었다. 하지만 그 화분에 수세미랑 호박 모종을 옹기종기 심어두어서 자리가 부족해 보이기도 했고, 수세미는 키워서 친환경 수세미로 쓰고 호박은 맛있게 먹으려고 나름 공들이는 중이기도 해서, 고민하다 이름 모를 새싹을 뽑아버렸다. 옅은 보랏빛이 감도는 연두색 잎은 어떤 식물인지 가늠하기엔 너무 작았다. 별 고민 없이 쑥 뽑아 든 그 순간… 익숙한 향기가 코끝을 스쳐 지나갔다. 동해 여행 갔을 때 먹은 물회에서 잔뜩 풍기던 바로 그 향인데, 이름이 뭐더라. 아, 방아다! 잊고 지냈던 향을 이렇게 다시 만나니 반가워서 얼른 제자리에 다시 심어주었다.

이웃 할머님들이 키우는 식물 중에 유독 눈에 띄는 연보랏빛 꽃이 있었다. 이름을 여쭤보니 방아라고 알려주셨던 기억이 어렴풋이 나는데, 그 방아가 우리 집에 어찌 싹을 틔운 것이다. 옆집 할머니도, 앞집 할머니도, 뒷집 할머니도 키우는 방아. 어쩌다 나의 화분까지 왔을까. 바람 따라 날아왔을 수도 있고, 우리 집을 길목 삼아 다니던 고양이나 족제비가 옮기고 갔을 수도 있다. 이웃들의 방아 화분을 보며 차츰 방아의 매력에 스며들면서도 선뜻 키울 생각은 못하고 있었다. 그래서인지 이웃이 몰래 두고 간 선물처럼 느껴졌다. 그것도 기분 좋은 깜짝 선물. 뽑았을 때 향이 안 났더라면 그냥 버렸을 텐데 짙은 방아의 향기가 자신의 존재를 알렸다.

방아를 키우니 나도 공덕동 이 작은 골목의 진정한 일원이 된 것 같은 기분. '너도 이제 이곳에 적응했니? 그렇다면 우리 동네 멤버들의 표식인 방아를 주마!' 하고 족제비 대장이 준 것이라 상상하면 기분이 좋아진다. 방아가 연보랏빛 꽃을 피우는 그날까지 잘 키워보겠습니다, 대장님!

9

공덕동
곤충유치원

벌

엉덩이를 씰룩거리는 벌을 본 적 있는지? 나도 얼마 전에 처음 봤다. 사람이 맛있는 걸 먹거나 신나는 음악을 들을 때 엉덩이를 씰룩거리는 것처럼 벌도 그럴 줄이야. 공덕동 식물유치원을 시작하기 전부터 벌들은 종종 눈에 띄었다. 아마 물을 찾아 우리 집 마당에 온 듯했다. 한여름의 서울엔 곤충들이 목을 축일 곳이 없어 우리 집 마당을 도심 속 오아시스로 삼은 것 같다. 이쯤 되면 우리 집에 유서 깊은 우물이나 멋들어진 연못이 있을 것 같지만 아무것도 없다. 그저 비비추를 수경재배하기 위해 재개발 단지 화단에서 주워 온 누군가 쓰다 버린 양주 얼음통뿐. 심지어 비비추를 수경으로 재배한 건 생각보다 많은 식물을 구조해 집에 있던 화분과 흙이 뚝 떨어진 탓에 어쩔 수 없는 선택이었다.

이유야 어찌 됐든 주변 벌들에게 소문이 난 건지 여러 마리가 주기적으로 와서 물을 마시는데, 그 모습이 너무 귀엽다. 물에 빠질까 봐 꼭 식물이 함께 있는 물그릇에서만 마시는데 뒷다리로 물그릇의 가장자리를 꽉 잡고 나머지 다리로 비비

추를 디디고 머리를 수그려 마신다. 여기서 키포인트는 씰룩대는 엉덩이. 벌을 무서워하는 나조차도 빵 터져 웃게 만드는 모습이다. 엉덩이 댄스의 일인자인 짱구가 와도 우열을 가리기 어려울 것이다. 대체 어떤 종인지, 공격적이진 않은지 당최 감이 잡히지 않아 여러모로 조사해봤지만 땅벌일 가능성이 높다는 모호한 결론에 도달할 뿐이었다. 땅벌은 성격이 포악하다던데 물을 마시며 흔들거리는 엉덩이를 보니 매칭이 안 된다. 정원에 새가 목욕할 만한 욕조를 만들면 좋다는 이야기를 들어서 시도해볼까 했지만 벌이 물 마실 곳을 만드는 건 생각도 못한 터였다. 매년 여름마다 벌의 씰룩 댄스를 볼 수 있어 정말 즐겁다.

하루는 빗물을 받아둔 유리 그릇에 빠진 벌을 발견했다. 막대기에 의지해 걸어 나올 수 있게 부랴부랴 나무젓가락을 넣어주었다. 벌은 무거운 몸을 이끌고 힘겹게 올라와 아무 일 없었다는 듯 날아갔다. 힘차게 비행하는 뒷모습을 보며 안도했다. 얼마나 목말랐으면 물만 있는 그릇에 목숨을 걸고 들

어갔을까. 비비추를 주변에 다 입양 보내 벌들의 쉼터가 사라진 탓이었다. 다시 수경식물 몇 개를 마당에 놓고 물 마실 쉼터를 만들어두었다. 또다시 많은 벌이 잎사귀와 줄기 사이를 비집고 들어가 엉덩이를 씰룩대며 물을 마셨다. 물 마시기 편한 자리를 잡기 위해 오르락내리락 왔다 갔다 하는 모습이 마치 워터파크에서 신나게 노는 아이들 같았다.

환경오염으로 벌 개체수가 줄어들어 식물 수분이 어려워졌다고 해서 토마토나 고추를 키우는 건 엄두조차 내지 않았었다. 그런 와중에 우리 집 마당에 찾아오는 벌들을 보니 어찌나 반갑고 신기한지. 꿀을 가지러 온 건지 물 냄새를 맡고 온 건지 모르겠지만 시멘트 범벅인 도심 속에서도 벌이 사는구나 싶어 짠했다. 나비나 벌은커녕 다른 곤충도 자주 볼 수 없는 이곳에서 작은 물독 하나로 귀한 경험을 하다니. 1층이나 마당 있는 집에 사시는 분이라면, 여름에 수경식물을 베란다에 두고 방충망을 살짝 열어놓거나 마당에 두어 도심 속 곤충 친구들에게 꿀맛 같은 오아시스를 제공해주길.

나비

무슨 일인지 작년에는 별의별 나비들이 마당에 찾아와 도시에서 호랑나비를 보는 기적 같은 일도 있었는데, 올해는 좀 뜸했다. 곤충유치원의 한자리를 차지하고 있는 '나비반'은

공덕동 식물유치원을 연 첫해에 가장 활발하게 활동했다. 아무래도 그들의 입맛에 맞는 레몬을 많이 키워서였던 듯하다. 첫 마당살이의 기쁨에 취해 종종 낮술을 즐기다 보니 레몬 씨앗이 많이 생겼다. 진토닉에 레몬 슬라이스를 담가 먹고 남은 레몬 씨앗을 어떻게 처리할까 고민하다 싹을 틔워보고 싶어졌다. 결과는 성공적. 빈 화분에 씨앗을 뿌려두었더니 많은 새싹이 돋아났다. 발아율이 높은 건지 그만큼 많이 마신 건지는 묻지 마시길. 레몬나무를 꿈꾼 수많은 싹들이 나비 애벌레의 식사로 제격이었나 보다. 갉아먹기 좋은 여린 잎에 상큼한 시트러스향까지.

어서 오세요, 식물유치원에

애벌레들이 아기 레몬 잎을 엄청나게 갉아먹었지만 얘네가 커야 나비를 또 보겠거니 싶어 내버려두었다. 심지어 한 애벌레는 크기도 다른 친구들보다 큰 데다가 포켓몬스터에 등장하는 애벌레 캐릭터 '캐터피'와 똑같이 생겨서 놀랐다. 피카츄마냥 캐터피도 현실감 없는 캐릭터라 생각했는데 실사 고증이 제대로 된 몬스터였던 것이다. 귀여운 캐터피 사진을 SNS와 가족 단톡방에 올렸더니 반응은 극과 극이었다. 귀엽다고 하는 이들과 징그럽다고 하는 이들 사이에서 의아했던 반응은 "얼른 없애!"였다. 농사짓는 아버지에게서 "쟤네를 얼른 없애버려야 해ㅜㅜ"라고 답장이 왔다. 농부의 입장에선 캐터피는 소중한 농작물을 갉아먹는 나쁜 곤충이었던 모양이다. 어떤 시각으로 보는지에 따라 이렇게 반응이 다르다니. 나도 식물을 팔아야 할 상품으로 생각했다면 해치워야만 하는 곤충으로 봤을지도 모른다. 물론 판매하지 않더라도 애지중지 키우긴 하지만, 여기는 모두가 공생하는 공덕동 식물유치원이자 곤충유치원이니까. 누구든 환영합니다. 모기 빼고요. 슬프게도 캐터피는 어디로 갔는지 자고 일어나니 사라졌지만, 사진으로나마 귀여운 추억으로 간직하고 있다.

거미와 파리

곤충유치원의 개체수를 늘리고 싶지만, 마주치면 어떻게 해야 할지 모르겠는 '거미반'도 있다. 똥파리와 모기를 잡아

먹어주길 바라는 나의 사심으로 채워진 반이다. 번성하면 좋겠지만 자리 잡기가 녹록지 않은지 성장이 더디다. 언젠가는 주먹만 하게 커지면 좋겠는데 아직은 아기 거미뿐이다. 그중 가장 큰 거미는 하필이면 현관문 앞 조명 전선 근처에 자리 잡아 동거인과 내가 무심코 집을 파괴한 게 여러 번이다. 다행히도 그때마다 다시 멋지게 보수하긴 하지만. 모두가 편한 곳에 살면 좋겠건만 사람이나 곤충이나 좋은 곳에 자리 잡기는 참 힘든 일인가 보다.

그닥 선호하지 않지만 자주 찾아오는 친구들은 파리와 모기다. 모기야 워낙 악명이 높으니 말할 것도 없고 파리는 붕붕거리며 잽싸게 날아다니는 것이 꽤나 신경 쓰이는 불청객이다. 게다가 내 몸에 앉으면 괜히 똥이 된 것 같아 기분도 찜찜하다. 그러던 어느 날, 짙은 분홍색을 뽐내며 피어난 백일홍에 앉아 있는 대왕 똥파리를 보았다. 파리도 꿀을 먹는다고 들었는데 두 눈으로 보니 신기했다. 게다가 햇빛을 받아 푸른빛의 몸통이 어찌나 영롱하게 반짝이는지. 묘하게 백일홍의 진분홍과도 잘 어울리는 게 아닌가. 그동안 똥파리라 불렀는데 꽃파리로 불러야 하나 잠시 고민했다. 이제 내 몸에 파리가 앉으면 나를 백일홍이라고 생각하면 되려나.

10

식물유치원의
겨울방학

공덕동 식물유치원에는 겨울방학이 있다. 봄방학이나 여름방학이 없는 대신 꽤 긴 겨울방학을 보낸다. 식물이 잘 자라는 봄이 오기 전에 반드시 맞이하는 겨울. 추운 날씨에는 구조 활동이 어렵고, 식물 돌봄도 여름에 비해 손이 덜 가서 사람과 식물 모두 재충전을 위해 쉬어가는 시간을 갖는다. 그럼에도 식물들은 집 안에서도 계속 자란다. 빛이 거의 들지 않는 유치원에 보랏빛 전등을 설치했다. 평범한 색의 식물등도 있지만 식물을 키운다는 것을 계속 상기하고자 눈에 띄는 보랏빛을 선택했다. 봄을 위해 그대로 동면하는 친구도 있고, 새잎을 내지 않고 한껏 움츠려 힘을 비축하는 친구도 있다. 겨울은 다른 계절보다 미세한 변화를 더 세밀하게 관찰해야 하기 때문에 개인적으로 유난히 힘든 시기기도 하다.

　　동면하는 식물이 있다는 걸 몰랐을 때는 잎을 다 떨군 식물을 죽었다고 생각해 내다 버릴 뻔한 적도 있다. 공덕동 재개발 단지에서 초창기에 구조했던 비비추가 바로 그 주인공이다. 겨울이 다가오자 시름시름 앓는가 싶더니 잎을 다 떨구고 더 이상 잎을 피우지 않았다. 건물 앞 화단에 누군가 몰래 버리고 간 음식물 쓰레기와 뒤섞여도 빼곡히 잘 자라던 식물이었는데 데려온 지 몇 달도 되지 않았을 때라 더 당황했다. 수경으로 자라면서 동네 땅벌들의 워터파크가 되어주던 비비추가 이렇게 가버리다니…. 전문가가 아니니 모든 식물을 살릴 수 없다고 마음을 다독였지만 아무리 생각해도 속상했다.

그렇게 며칠을 방치하던 중 결심했다. 그래, 보내줄 때도 알아야지. 비비추가 심겨 있던 흙을 파던 중 비비추 뿌리가 삽에 걸렸다. 그런데 초보인 내가 봐도 뿌리가 너무 튼실해 보였다. 이 녀석 혹시 겨울잠을 자고 있던 건가. 혹시나 하는 마음에 흙을 털어낸 비비추 뿌리를 물 담은 작은 컵에 조심스레 담가두었다. 무성한 뿌리털에 비해 앙상한 상체가 요상해 보였지만 일단 그렇게 겨울을 보냈다.

끝나지 않을 것 같던 긴 겨울의 추위가 가실 때쯤 실내에 있던 식물들을 하나둘 마당으로 이주시켰다. 그러는 동안에도 비비추는 자고 있었다. 뿌리가 몇 달 동안 썩지 않은 걸 보니 죽은 것 같지는 않았지만 대체 어찌 된 일인지 도통 알 수 없어 그저 자주 살펴보기만 했다. 다른 식물들이 바깥 생활에 적응하는 걸 도와주며 비비추를 잠시 잊고 지내던 어느 날, 작고 여린, 너무나도 투명한 연둣빛 잎이 물 위로 올라와 있었다. 비비추가 다시 싹을 틔우기 시작한 것이었다! 긴 겨울잠에서 깨어

난 비비추를 보니 봄이 온 것이 실감 났다. 비비추를 통해 또 하나의 큰 배움을 얻었다. 겉으로 보이는 게 다가 아니구나. 역시 우리의 인기 졸업생 비비추. 우리 함께 봄, 여름, 가을을 잘 살아보자. 다시 만나 반가워, 올해도 잘 부탁해!

11
채소밭
친구들

추운 겨울 동안 바깥 활동을 못해 생긴 무료함을 어떻게 해소할까 고민하다 안 키워본 식물들을 곁에 두기 시작했다. 공덕동 식물유치원을 오픈하고 맞이한 첫 겨울방학에 그 친구들을 모아 반을 신설했다. 이름하여 공덕동 식물유치원 '채소반'!

겨우내 주로 실내 활동을 하면서 생선찜이나 카레를 해 먹고 남은 채소의 꽁다리들을 물에 놓아두었더니 너무 잘 자라 얼떨결에 채소반이 탄생한 것이다. 때때로 사두고 방치한 고구마나 감자, 당근에서도 싹이 잘 나는데 어차피 요리하다 남은 꽁다리를 버릴 바에 물에 넣어두면 잘 자라지 않을까 싶었다. 마침 파테크도 유행했고, 수경재배가 그리 어려워 보이지 않아서 일단 도전해봤다. 이번에도 가벼운 마음으로 시작했지만 채소반 친구들의 생명력에 또 한번 놀랐다. 흙도 아닌 물에서 얼마 남지도 않은 작은 몸통을 발판 삼아 조금씩 초록 잎사귀를 틔워냈다. 이렇게 결성된 채소반 첫 친구들은 무와 당근 그리고 셀러리였다. 예상을 뛰어넘는 성장을 보여주어 나중에는 따로 흙에 심었다.

　　따뜻한 봄날 하늘 아래 연보랏빛 꽃다발을 가득 안겨준
무와 짙은 초록으로 빛나는 셀러리, 구름 같은 자잘한 하얀 꽃
들을 피운 당근은 여름까지 자태를 뽐냈다. 무와 당근은 마트
에서 잎이 제거된 모습만 봤기 때문에 이렇게 아름다운 꽃을
피울 수 있다는 걸 그때껏 몰랐다. 그 이후론 채소든 과일이든
씨앗이 있거나 싹이 날 기미가 보이면 조금씩 키워보고 있다.
매번 생각대로 자라주지는 않지만 기대 이상으로 잘 크는 친구들도 있어 키우는 재미가 쏠쏠하다. 겨울에 우연히 결성된 채소반은 계절마다 새 친구들이 영입되고 있다. 올해는 과일반 결성도 노려볼까?

12
초록색 담벼락

우연히 내게로 날아와 싹을 틔운 것도 있지만, 내가 직접 씨앗을 심어 싹을 틔운 식물들이 더 많다. SNS 식물 친구들에게서 나눔받은 씨앗과 화원이나 인터넷에서 직접 산 씨앗들을 주로 심는다. 식물을 좋아하는 사람들은 식물의 성장이 더딘 겨울이 다가오면 지겨움을 달래고자 내년 봄을 위한 씨앗 쇼핑을 한다. 문제는 쇼핑할 때 전문가의 손길 아래 멋지게 자란 최종 성장 사진을 보게 되니, 나도 저렇게 키울 수 있다는 근거 없는 자신감이 생겨 이것저것 예상보다 많이 사게 된다. 발아율을 감안해 약 100개 이상의 씨앗을 뭉텅으로 사지만 어떻게든 다 쓴다. 씨앗은 식물보다 손쉽고 저렴하게 선물할 수 있어 겨울날 식물 애호가들의 우편함은 빌 틈이 없다.

식물은 택배로 보내기 어려운 편이다. 택배 상자 더미에서 견고히 버티기 위해 꽁꽁 싸매고, 식물이 숨 쉴 구멍을 만들고, 마르지 않게 며칠 동안 버틸 수분도 세심하게 신경 쓰려면 나름 고급 포장 기술이 필요하기 때문이다. 그에 비해 씨앗은 작은 봉투에 담고 뽁뽁이로 감싸 우편으로 보낼 수 있으니 정말 쉽다. 그렇게 여러 종류의 씨앗을 모아 따뜻한 봄이 오면 햄스터를 키우는 친구를 위해 씨를 가득 품은 해바라기를 심고, 천연 수세미를 직접 키워 쓰겠다는 다짐으로 수세미 씨앗도 심고, 다양한 꽃을 즐기기 위해 백일홍, 수레국화, 사랑초 등 다양한 씨앗을 심어 여름 내내 쉴 틈 없이 노란 꽃, 빨간 꽃, 보라 꽃, 파란 꽃이 피길 기대한다. 그러니 추운 겨울날엔 씨앗을 보기만 해도 희망에 가득 차 호호호 웃음이 나고 파종을 향한 갈망은 뜨거워진다. 게다가 씨앗을 사서 나누는 사람들의 마음은 또 어찌나 예쁜지. 추울 겨를이 없는 겨울이다.

일터로 가는 길엔 겨울에도 짙은 초록을 뽐내는 담쟁이 덩굴이 있다. '인간 부재'의 지표이기도 했던 담쟁이덩굴이 주택 담벼락을 빼곡히 초록으로 감싸며 살아 있음을 뽐낸다. 여름에는 옅은 연둣빛으로 여름의 뜨거움을 보여주었다면 겨울에는 짙은 초록으로 차분함을 보여주면서 말이다. 겨울 길가에서 만나는 식물은 왠지 반가워서 이리저리 핸드폰 각도를 틀어가며 사진을 찍는다. 그날도 어김없이 사진을 찍는데 담쟁이덩굴 사이사이에 말라비틀어진 블루베리 같은 것들이 보였다. 직감으로 알 수 있었다. 네가 담쟁이 씨앗이구나! 여름의 밝은 햇빛 아래에선 한 번도 본 적 없는 담쟁이덩굴 씨앗이었다. 꽃도 본 적 없어 씨앗은 생각도 못했는데 쪼글쪼글한 주름이 매력적인 모양새였다. 마침 집 담벼락에 노지에서 겨울을 날 수 있는

덩굴식물을 키우고 싶었기에 겨울에 만난 담쟁이덩굴은 반가운 얼굴이었다.

　　화원에 알아봐야겠다는 마음이 들 때쯤 횡단보도 앞에서 신호를 기다리다 길바닥에 떨어진 담쟁이덩굴 씨앗을 발견했다. 사람들이 지나다니다 쳐서 떨어지거나 바람에 날렸을 씨앗 몇 알이 바닥에 나뒹굴고 있었다. 시멘트 바닥에서는 싹을

어서 오세요, 식물유치원에

틔울 것 같지 않아 얼른 주워 코트 주머니 안쪽 깊숙이 넣었다. 퇴근 후 동거인에게 말라비틀어진 씨앗 몇 알을 자랑하며 보여주었다. 우리 담벼락도 이제 초록색이 될 수 있다며, 한국의 추운 겨울을 버티는 멋진 담쟁이를 우리도 가질 수 있다며 행복한 상상을 펼쳤다. 추운 날이라 당장은 심을 수 없지만 상상만 해도 흐뭇해 봄이 더욱더 기다려졌다.

어느새 봄, 따뜻해진 날씨를 만끽하며 겨우내 다람쥐가 도토리 줍듯 모아뒀던 씨앗들을 파종하다 길에서 주워 온 담쟁이 씨앗도 한쪽에 심었다. 벽을 타고 자랐으면 하는 마음에 화분이 아닌 시멘트 사이에 심었기 때문일까, 좀처럼 싹을 틔우지 못했다. 이제 이 씨앗 두 알을 심고 나면 딱 한 알밖에 안 남는데…. 역시 무리인 걸까 포기할 무렵, 쥐도 새도 모르게 여러 장의 잎이 올라와 있었다. 떡잎부터 이미 담쟁이덩굴이 확실해 보였다. 드디어 오셨군요!

그런데 폭주 기관차처럼 달리는 내 욕심에는 발끝도 못 따라올 속도로 느리게 자라는 중이다. 시계를 보고 있으면 시간이 더 안 가는 것처럼 느껴지는 것과 같이 매일 담쟁이덩굴을 보고 있으니 어찌나 성장이 더딘지…. 하지만 담쟁이만의 속도로 자라고 있는 것은 확실해 보인다. 그래, 건강하게만 자라다오. 마당 벽 하나를 뒤덮을 정도가 되면 나도 담쟁이만큼 성장한 기분이 들 것 같다. 아직은 엄지손톱만 한 잎사귀가 내

손바닥만큼 커지면 정말 웅장할 것이다. 시멘트 틈의 작은 흙에서 키우기 시작한 거라 이사 가게 되면 데리고 가지 못할 확률이 높다. 그러면 어떠랴, 다음 세입자에게 주는 나의 작은 선물이라 생각하며 정성을 다하고 있다. 그저 다음 사람도 식물을 사랑해 담쟁이를 예뻐해주기를 바랄 뿐이다.

13

식물유치원
지킴이들

공덕동 식물유치원에는 나 말고 두 분(?)이 더 계신다. 한 분은 나의 동거인이고 한 분은 '동거묘'이다. 각 3년, 10년 동안 나의 행보를 지지해주고 있다. 동거인은 주로 식물 구조와 이동을 돕는다. 흰둥이라 불리는 작은 스쿠터를 끌어주는 덕분에 큰 식물도 쉽게 옮기고, 힘쓰는 일도 함께 척척 해낼 수 있다. 더운 여름날엔 스쿠터만 한 것이 없다. 재개발 단지를 혼자 돌아다니면 조금 무서울 때도 있는데 둘이라 든든한 것은 덤이다. 때때로 식물은커녕 나조차도 돌보지 못할 정도로 지치는 날이 있는데, 그럴 때마다 동거인이 식물을 도맡아 돌봐주어서 지금까지 공덕동 식물유치원이 유지되고 있다.

동거묘는 식물과 함께 햇볕 쬐기와 간간이 부리는 애교로 우리의 심신 안정을 돕고 있다. 매너 넘치고 젠틀한 성격으로 식물을 먹거나 화분을 엎는 일은 아직 일으키지 않았다. 어릴 때 크게 아팠던 적이 있어서 혹시나 식물을 뜯어먹고 또 아플까 걱정했지만, 몇몇 고양이와는 다르게 사람 음식 보기를 돌같이 하는 친구라서 식물에도 관심이 없다. 때로는 우리 집 마당에 놀러 온 길고양이를 혼내기도 하지만 대체로 얌전히 집에서 일광욕을 즐긴다.

인간이야 성인이 되면 어느 정도는 제 앞가림하며 살지만, 동물이나 식물은 그럴 수 없기에 함께하기까지 오래 고민할 수밖에 없다. 혹시라도 책임지지 못할 상황이 생길 수 있다는 가능성 때문에 막상 식물을 구조해 데려왔을 땐 덜컥 겁이 났다. 고양이를 처음 키울 때 느꼈던 책임감이 너무 무거웠기 때문이다.

10년 전 런던에서 학생 신분으로 지낼 때, 새끼 고양이를 분양한다는 동네 소문을 듣고 구경하러 간 적이 있다. 그냥 단순히 구경하러 간 것이었다. 진짜였다. 그러나 나는 나한테 자주 지는 편이다. 그렇게 새끼 고양이와 나는 가족이 되었다. 귀여움에 취해 평범한 나날을 보내던 중 갑자기 이 녀석이 밥을 거부했다. 밥투정인가 싶어 배고프면 먹으려나 생각하다 노파심에 병원에 데려갔다. 이것저것 검사 후 의사 선생님이 말했다. "이유는 모르지만 간이랑 신장 등 여러 수치가 안 좋아요. 너무 어려 개복 수술은 할 수 없으니 안락사를 권합니다." 무엇을 잘못 먹은 걸까? 내가 뭘 잘못한 걸까? 내가 어떻게 한 생명체의 생과 사를 가르지? 그러나 결정을 내려야 했다. "일주일만이라도 최선을 다해 할 수 있는 건 다 해볼 수 없을까요?" 의사 선생님께 울며불며 간절히 부탁했다. 그때도 차도가

없으면 포기하겠다고. 가느다란 앞발 털을 밀고 링거를 꽂았다. 입원실 철창 안에 건식사료, 습식사료, 고양이 우유, 간식 등 여러 가지를 넣어주며 나아지길 기도했다. 내가 할 수 있는 건 이게 다야. 제발 뭐라도 먹어줘.

매일 방문한 지도 어언 일주일째. 시간은 금방 갔고 검사 결과가 나왔다. "수치가 많이 좋아졌어요. 희망을 가져도 될 것 같아요." 반대편 앞발 털도 밀어 링거 위치를 바꿨고, 한 달을 꼬박 병원에서 보냈다. 혹여 내가 자기를 버렸다고 생각할까 매일 보러 갔고 피치 못하게 못 가는 날은 친구에게 부탁했다. 어느덧 퇴원일. 내가 직접 링거를 놓아주어야 한다는 숙제가 남아 있었지만 우린 드디어 함께 집에 올 수 있었다. 나로 인해 생명체가 고통받을 수 있다는 것, 생명을 잃을 수 있다는 것, 그건 온전히 나의 책임이라는 것을 뼈저리게 느낀 시간이었다. 식물을 구조하면서도 항상 그 마음을 잊지 않는다.

어느덧 고양이와 10년째 함께하고 있다. 고양이를 데리고 영국에서 한국으로 오려면 고양이 여권 준비 및 광견병 주사 등 복잡한 과정이 있었고, 케이지에 갇혀 10시간 이상의 비행을 견뎌야 했던 상황까지 고려해보면 같이 오기란 결코 쉬운 일이 아니었다. 그럼에도 결국 우린 같이 산다. 그래서 나는 생각보다 책임감 있게 누군가를 돌볼 수 있는 사람이라고 자부했다. 하지만, 식물을 구조하던 무렵에는 온전한 내 집을 가지지 않은 상태에서 식물을 기르는 건 사치 아닐까, 나 홀로 여러 식물을 돌볼 여력이 있을까 걱정이 앞섰다. 그런 나에게 함께 책임을 분담하자고 말해준 동거인 덕분에 식물 구조 활동을 계속할 수 있었다. 가까이서 이른 죽음을 여러 번 봤던 탓인지, 사람 일은 모르는 거라고 입버릇처럼 말하던 나에게 먼저 손 내밀어준 그. 누구에게 부탁하기 어려웠던 마음의 짐을 동거인이 나눠 들어줬다. 덕분에 오늘도 식물유치원은 바글바글하다. 버거운 일도 함께라면 못 이룰 것이 없다.

14
흔둥이에게
배운 것

흔둥이 : 흔하게, 쉽게 접할 수 있는 식물

　　재개발 단지에서 식물 구조 활동을 하며 가장 많이 접하는 식물은 '흔둥이'다. 식물에 관심이 없는 사람이 봤을 때 이름까진 몰라도 어디선가 본 적이 있는 듯하고, 식물 좀 키운다는 사람 집에는 하나씩 있는 식물을 흔둥이라고 부른다. 아마 '순둥이'에서 유래했을 것이다. 그만큼 흔둥이 유형의 식물은 환경에 별 영향을 받지 않아 키우기 까다롭지 않다. 구하기도 매우 쉬운 편이다.

　　나는 어릴 때부터 남들보다 특별해지고 싶은 욕구가 강했다. 나만의 고유 정체성을 가지고 싶은 욕망이 있었다. 너무 튀지 않으면서도 그렇다고 남들과는 다른 특별함을 가지고 싶었던 것 같다. 졸업한 초등학교에서 멀리 떨어진 중학교로 입학했는데, 그 동네 친구들은 대부분 닥터마틴이라는 처음 보는 브랜드의 신발을 신고 있었다. 대부분 그 브랜드의 트레이드마크 같은 둥근 앞코를 가진 신발을 신었지만, 나는 그 브랜드에서 앞코가 각진 디자인의 신발을 샀다. 작은 차이지만 남달라 보여 좋았다. 나도 친구들과 같은 브랜드 신발을 신음으로써 함께 어울린다는 동질감을 느끼면서, 그렇다고 완전히 같지 않다는 차별점 때문에 만족했다. 어릴 때부터 나 혼자 특별한 무언가를 갖는 것이 좋은 줄로만 알았다.

성인이 되고 나서도, 어릴 때만큼은 아니지만 그래도 남들과 다른 멋짐을 갖고 싶었다. 남들에게 '쟤는 좀 남다르게 멋있다'는 말을 듣고 싶었던 것 같다. 이걸 보면 네가 생각난다고 친구들이 말해줄 만한 나만의 독특한 개성과 빛깔을 갖고 싶었던 거다. 그러면서 나를 어떠한 틀에 가둬두고 어설픈 연기를 하기도 했다. 예를 들어 노란색을 보면 나를 떠올려주길 바랐지만 사실 나는 여러 색을 좋아했다. 상황에 따라 기분에 따라 즐기고 싶은 색이 달라지는지라 나의 빛깔이 무어라고 정하기 어려웠음에도 기억에 남는 사람이 되고 싶어 억지로 규정했던 것 같다. 이제는 안다. 나는 딱 집어 하나로 표현할 수 없다. 나는 조각조각 여러 면을 가진 사람이다. 결국 나라는 유동적인 개체 자체가 개성인데, 어쩐지 너무 평범한 것 같아 싫어했었다. 보통보다 더 나은 멋짐을 원했으니까.

그런 내가 길에서 만난 흔둥이들을 통해 보통의 소중함을 깨달았다. 흔둥이들을 가만히 지켜보다 약 8년 전 엄마가 유방암 치료를 받던 때가 떠올랐다. 보통 체질이라 항암제가 잘 맞아 항암치료가 성공적이었다는 담당 의사 선생님의 말씀. 약이 평균 인간 신체에 맞게 만들어지다 보니 다행히도 보통 체질이었던 엄마의 신체에서 효과가 좋았다는 거다. 특이 체질 말고 대다수 보통 사람들에게 해당되는 바로 그 평범함. 난 항상 남과 다른 무언가가 되고 싶었는데. 보통 사람이 아닌 색다른, 특이한, 독특한 사람이길 늘 원해왔는데. 그게 보통인 것보다 훨씬 멋있다고 생각했는데. 그런 나의 고정관념이 단단히 부서졌다. 평범함도 멋있는 것임을 알게 되었다.

재개발 단지에서 구조된 식물들이 그렇다. 주변에서 흔히 볼 수 있는 흔한 식물이다. 나도 그렇다. 흔한 사람이다. 어

어서 오세요, 식물유치원에

떤 식물은 잡초 같은데 왜 화분에 키우냐는 질문을 받곤 한다. 하지만 특이하고 예민한 식물이었다면 재개발 단지에 방치되어 쉽게 죽었을 수도 있다. 흔둥이는 어디서든 잘 적응한다. 변화에 맞춰 잘 살아간다. 그 어려운 일을 평범한 것들은 해낸다.

어서 오세요, 식물유치원에

«

은둥이는 어디서든 잘 적응한다.
변화에 맞춰 잘 살아간다.
그 어려운 일을
평범한 것들은 해낸다.

»

15

먹는 식물도
있습니다

공덕동 식물유치원 한편에는 옥상으로 가는 가파른 계단이 있다. 조그만 옥상은 여름 채소반 친구들의 공간이다. 주로 관상식물을 키우는 나와 달리 수확하는 기쁨을 즐기는 동거인이 관리하는 전용 구역이다. 이사한 지 얼마 안 된 6월의 어느 날, 그는 모종 몇 종류와 화단으로 만들 부직포, 흙 포대를 사더니 나름의 밭을 만들어 채소를 키우기 시작했다. 첫 농작물로 선택한 채소는 가지, 바질, 고수였다. 채소 키우기를 쉽게 생각했던 우리는 자라는 도중에 솎아내기나 가지치기, 꽃 따기 등은 건너뛰면서 키웠다. 잘 심고 틈틈이 물 주고 비료 좀 뿌려주면 되지 않겠냐며 작은 텃밭이라고 농사일을 쉬이 보았다. 농부들이 작물을 얼마나 힘들게 기르는지 알지만 우리는 정말 손바닥만 한 땅에서 조그맣게 키우는 거니까.

　　식물 키우기 중 가장 중요한 건 '즐겁게'라고 생각하는 우리는 옥상 텃밭을 금방 정글로 만들었다. 바질은 잡초보다 기세 좋게 우후죽순 자랐고 그에 질세라 가지도 무럭무럭 자랐다. 고수는 영 자리를 못 잡는 듯하더니 죽어버렸다. 가지를 별로 좋아하지 않는 나는 내심 탐탁지 않았지만 내색하지 않았

어서 오세요, 식물유치원에

다. 같이 심은 고수와 바질은 매우 좋아해 고수가 죽어가는 모습을 보니 슬펐다.

　　초등학생 시절 아파트에 살았지만 차로 30분 거리의 주말농장에서 텃밭을 몇 년간 꾸준히 일궜다. 주말마다 방문할 때면 내가 까망이라고 이름 지은 강아지가 꼬리를 흔들며 마중 나오던, 할머니가 운영하는 정겨운 곳이었다. 우리 가족은 봄부터 할당된 구역에 모종을 심고, 여름엔 고추와 오이, 방울토마토나 상추 따위를 수확하여 노릇하게 구운 삼겹살과 같이 먹었다. 돌이켜 보니 나는 원두막에서 누워 놀거나 밥을 먹은 기억이 대부분이다. 텃밭 가꾸기에 열심이진 않았던 것 같다. 식물이 자라는 걸 보는 재미보다는 먹는 재미를 먼저 알았을지도 모른다. 어린 시절의 기억을 떠올리며 새로운 추억을 만들 생각에 설레었지만, 역시 나는 먹는 식물은 잘 키우지 못한다. 다행히 동거인이 열심히 비료도 주고, 외부 수도가 없어 물도 집 안에서 길어다 흠뻑 뿌려준 덕분에 곁에서 수확의 기쁨을 누릴 수 있었다.

　　옥상으로 가는 계단이 가팔라서 자주 올라가지 못했는데, 어느 날 올라가 보니 바질이 거의 내 키만큼 쑥쑥 자라 있었다. 심지어 따 먹으려고 찾아갈 때마다 커져 있는 게 아닌가. 가지는 어느새 보랏빛 꽃을 피워 내 마음을 건드렸다. 살면서 이런 짙은 보랏빛을 볼 일이 없어서 그런지 더욱 찬란해 보였다.

별 모양의 보라색 꽃잎 가운데에 보색인 짙은 노란색 암술과 수술이 콕 박혀 있는 모습은 정말 경이로웠다. 새끼손가락만 한 가지가 달렸을 땐 탄성이 나왔다. 알아서 수분이 잘된 것에 기뻤고, 점점 탐스러워지는 과정이 신기했다.

가지를 좋아하는 편이 아닌 데다가 언젠가 친구가 가지는 왠지 시체 같은 모습이라 먹지 않는다고 한 말이 꽤 인상 깊게 남아 있어서 많은 양의 가지를 수확했을 땐 기쁨보다 어떻게 해 먹을지 걱정이 앞섰다. 가지 요리 중 가장 먼저 떠올라 만

든 가지무침은 식감이 흐물거렸고, 간장에 본연의 맛이 가려져 도무지 알 수 없는 맛이었다. 요리가 능숙하지 못한 나의 탓이 제일 크지만 괜히 가지 탓을 하게 됐다.

영국에서 지냈을 땐 종종 가지요리를 먹었다. 바로 일본식 가지구이 '나스 덴가쿠'. 길게 반으로 자른 가지 안쪽에 격자무늬로 칼집을 내고 그 위에 일본 된장인 미소로 만든 양념을 바른 후 구워 먹는 음식이다. 당시 일하던 갤러리 대표님이 일식집에서 시켜줘서 먹게 되었다. 기름에 반짝거리는 검정에 가까운 보라색 껍질 속 달짝지근한 된장이 밴 가지 속살은 환상적인 맛이었다. 그 뒤로 종종 해 먹었지만 서양의 통통한 가지와 달리 한국 가지는 얄팍해서 요리하기 쉽지 않았고 예전에 먹던 그 맛이 나지 않아 한동안 잊고 지냈다. 그러나 수확한 가지는 기대 이상이었다. 나스 덴가쿠를 만들어볼까 생각했지만 요리는 무슨, 뭐든 고기와 함께 구워 먹으면 맛있으니까 마당에서 바비큐 파티를 하는 날 잘라서 구웠다. 다 구워진 가지는 노릇노릇 촉촉해서 맛있어 보였다. 먹어보라고 권하는 동거인의 말에 마지못해 한입 먹었는데 내가 평소 생각한 가지 맛이 아니었다.

맛있잖아! 그냥 구운 건데 촉촉하고 부드럽고 야들야들했다. 가지가 이런 맛이었던가? 직접 길러서 바로 구워 먹었기 때문일까. 호들갑을 떨 정도로 정말 맛있었다. 물론 바비큐의 낭만도 한 스푼 들어가서일지도 모르지만. 그 후로 나는 친구들이 놀러 올 때마다 자랑스레 가지를 구워줬고 심지어 적극 추천하며 나눠주기도 했다. 어느새 나는 가지 전도사가 되었다. 마트에서 직접 사지는 않았을 테니 키우지 않았더라면 맛볼 일 없었을 가지. 덕분에 식물 키우는 또 다른 재미를 깨달았다. 바질은 키우는 내내 잘 먹었다. 난생처음 바질꽃도 보았고, 땅에 떨어진 씨앗들은 다음 해에 알아서 다시 새싹으로 돌아왔다. 물론 바질은 열매가 아닌 잎을 먹는 거니까 키우기 더 쉬웠던 것 같다.

그다음 해 도전은 토마토였다. 동거인이 고이 모셔둔 토마토 씨앗을 그냥 심어본 것이다. 씨앗부터 기르는 것이 모종부터 기르는 것보다 훨씬 어려운 걸 알기에 토마토를 먹다 모아둔 다량의 토마토 씨앗을 다 뿌렸는데, 발아율이 엄청 높아 어느새 토마토 정글을 이루었다. 첫 수확물인 가지만큼 큰 감흥은 없었지만 토마토 키우기도 제법 즐거웠다. 특히나 바질과 함께 먹기 좋았다. 치즈와 바질을 올린 토마토와 와인 한잔의 조화가 어찌나 아름다운지.

어깨 너머 배운 얼마 안 되는 농사 경험으론 바질 수확이 제일 쉬웠다. 물만 잘 주면 햇빛과 바람의 도움으로 알아서 잡초처럼 쑥쑥 잘 자라니까. 그냥 먹어도 맛있는 데다가 다른 잎사귀와 함께 샐러드로 만들어 먹거나 바질 페스토로도 만들

어서 오세요, 식물유치원에

수 있는 최고의 작물이다. 마트에선 비싸서 사기 망설여지지만 집에서 키우면 언제든 가벼운 마음으로 많이 먹을 수 있다는 것도 강점이다.

먹는 식물은 실내에서는 맛보기까지 기르기가 힘들어 추천하기 어렵지만, 실외에 작은 공간이 있다면 바질과 가지 재배를 추천한다. 성공한다면 자랑해주시길. 뭐든 내 손으로 길러 수확하고 맛보는 이 기쁨을 함께 나누고 싶다.

16

일년생 식물이
알려준 것

발길이 끊긴 황폐한 재개발 단지에는 여러 종류의 잡초가 정글을 이루고 있다. 그중 내 눈에 가장 예쁜 잡초는 서양등골나물이랑 여뀌다. 하얀 솜사탕처럼 생긴 서양등골나물꽃이 다글다글 모여 골목을 장악한 모습은 정말이지 아름답다. 집마당 한 귀퉁이에서 서양등골나물꽃을 처음 발견한 날, 사진을 찍어 SNS에 올리니 잡초니까 빨리 뽑으라는 말을 들었다. 나는 잡초도 좋아하니까 화분에 심어 따로 키워볼까 싶었지만

1년만 사는 일년생 식물이라길래 구조하진 않았다. 심지어 생태계 교란종이란다. 다른 이유를 차치하더라도 아스팔트와 시멘트 틈 사이에 자라 있어 뽑았다면 바로 뿌리가 뚝 부러졌을 것이다.

앞서 말했듯이 일년생 식물은 구조하지 않는다. 생이 길지 않아서 이미 자리 잡은 곳에서 한 해를 잘 보내는 것이 낫기 때문에 되도록 그대로 둔다. 또한 시멘트나 아스팔트 틈에 뿌리내린 식물은 구조하지 않는다. 뿌리를 제대로 뽑기 힘들어 구조하다 죽일 확률이 높다. 하나 더 추가하자면 생태계 교란종 식물은 굳이 구조하지 않는다. 엄청난 번식력으로 알아서 잘 살아남기 때문에 손을 보탤 필요가 없다.

여뀌도 좋아하지만 일년생 식물이라 구조하지 않았다. 여뀌는 이름이 익숙하지 않은 사람도 사진을 보면 단박에 "아, 이거!"라고 외치는 흔한 식물이다. 쌀알 같은 작은 분홍색 꽃들이 긴 봉 모양을 만들면서 무리 지어 자란다. 그러던 어느 날, 일년생인 여뀌를 식물유치원에 데려오게 되었다. 앞서 말한 대로 일년생은 굳이 구조하지 않는데, 보고 만 것이다. 엄청난 여뀌밭. 보통 사람들이 지나다니는 길에선 밟히거나 뽑혀서 큰 무리를 만들지 못하는데, 재개발 단지에는 사람이 없어 여뀌들이 짙은 분홍빛과 초록빛으로 밭을 형성한 것이다. 화병에 꽂아 즐길 요령으로 몇 송이를 꺾어 왔다. 금방 시들겠지만 내 욕심을 이기지 못했다. 아니나 다를까 화병에 꽂아둔 여뀌 한 움큼은 며칠 내로 말라 죽었고, 결국 버릴 수밖에 없었다.

봄이 되고 겨우내 모은 씨앗들이 싹을 틔우는 모습을 즐기던 차, 싹이 나면 어떤 식물인지 알 수 있을 거라는 예상과 달리 당최 무슨 식물인지 모르겠는 싹이 보였다. 하나가 아니라 여럿이었다. 내년엔 꼭 이름표를 붙여줘야겠다는 다짐과 함께 조금 더 크면 어떤 식물인지 알겠거니 하고 계속 키웠다. 이건 루콜라, 얘는 백일홍, 이 친구는 버들마편초…. 얼마 후 하나하나 이름을 찾아주는 와중에 여전히 전혀 알아볼 수 없는 식물이 있었다. 어디서 날아온 잡초인가 싶었지만 일단 두었다. 모두에게 열린 식물유치원이니까. 며칠 후 다시 보니 분홍색 꽃을 피워낸 모습이 딱 봐도 여뀌였다. 심기는커녕 씨앗이 뭔지도 몰랐던 여뀌가 다시 자랐다니 믿을 수 없었다. 일년생이라 한 해 자라고 죽는다고 생각한 것이 참 무지했다. 씨앗으로 다음 해에도 피는데 말이다.

꽃을 볼 정도로 오래 키운 바질 화분에는 씨앗을 뿌리지 않아도 다음 해에 또다시 자란다. 그런데 잡초는 왜 다를 거라고 생각한 걸까. '식물'이라기보다 '잡초'라고 색안경을 끼고 봐서 그랬던 걸까. 내 생각이 짧았던 것이다. 겨울이 오자 여뀌는 시들해지면서 죽었다. 하지만 이제는 안다. 봄이 오면 여뀌가 자라던 화분에 또 자라나리라는 걸. 잠시 스치는 1년짜리 인

어서 오세요, 식물유치원에

연이라고만 생각했는데 어느새 내게 와서 매년 꽃을 피우다니. 씨앗에는 엄청난 힘이 있구나. 하나하나 만나는 식물 인연이 새삼 소중해진다. 깨달음 이후로 어떤 식물을 만나든 나도 모르게 깊은 관계를 맺게 된다.

이참에 공덕동 식물유치원 구조 규칙 하나는 없애도 될 듯싶다. 일년생이라 한 해만 살다 가는 것이 아님을, 끝이 아님을 알게 되었으니 말이다. 누구든 짧은 생은 없다고 여뀌가 알려주었다.

17

식물유치원
동창회

식물유치원을 떠나간 식물들을 하나둘 세어보다가 멈췄다. 개원한 지 벌써 3년 차. 100여 명(?)의 친구들을 키워 보냈다. 분명 좋은 순간도 많았지만 아쉬운 이별도 있었기에 깊게 생각하지 않았다. 감사하게도 간간이 SNS나 메시지를 통해 입양한 식물의 안부를 듣기도 한다. 대부분 입양자와 사적으로 아는 사이가 아니다 보니 내가 먼저 연락하면 부담스러울 것 같아 입양자가 알려주지 않으면 소식을 알 길이 없다. 어련히 잘 돌봐주시겠거니 믿을 뿐이다. 나보다 더 좋은 집사를 만났을 테니까. 안타깝게도 초록별로 떠나보내 연락을 안 하실 수도 있다. 열심히 구조한 내게 왠지 미안한 마음이 들 수도 있으니까. 혹은 굳이 연락까지 할 필요 없다고 생각하실 수도 있고. 어떤 방식으로든 공덕동 식물유치원을 졸업한 친구들의 근황을 알게 되면 행복하고 뿌듯하지만, 왠지 수동적인 자세로 오는 연락만 받을 뿐이었다.

　　얼마 전 방송 인터뷰 제의가 들어와 진행했는데, 시간이 흘러 아무 생각 없이 영상을 보다가 너무 놀랐다. 공덕동 식물유치원 졸업반 친구를 데려가신 분과도 인터뷰를 진행해 방송에 같이 나온 것이다. 방송국 관계자도 입양자도 내게 따로 연락이 없었기에 깜짝 놀랐다. 처음 구조한 알로카시아를 데려가신 분이라 기억이 생생하다. 잘 키워 초등학교에 보내겠다고 하셨는데 이젠 '공덕이'라는 귀여운 이름을 가진, 키 1m를 자랑하는 멋진 알로카시아가 되었다. 인터뷰 영상에 나온 모습을 보니 정말 초등학생 같았다. 내가 키우는 알로카시아보다 더 크고 건강하게 자란 모습에 감격 또 감격…. 첫 졸업생을 보니 다른 분들에게도 연락해 근황을 물어보고 싶은 마음이 굴뚝같았지만, 입양자분들을 귀찮게 하는 것 같아 망설여졌다.

그러던 어느 날 술자리에서 친구가 "혹시 공덕동 식물유치원 동창회를 여는 건 어때?" 하고 솔깃한 말을 던졌다. 아니, 그런 방법이? 인간 동창회도 참여해본 적이 없어 동창회가 어떻게 흘러가는 모임인지 전혀 몰랐지만, 졸업생 근황과 키우는 식물들 이야기만 나누어도 충분할 것 같았다. 게다가 식물 좋아하는 사람들이 한자리에 모이다니! 상상만 해도 신났다.

처음엔 단순히 불쌍한 식물들을 거둔다는 마음으로 시작한 구조 활동이었다. 마당의 한계 때문에 모든 식물을 품지 못했기에 애정 어린 관심과 도움의 손길을 주신 분들 아니었다면 활동을 지속하지 못했을 것이다. 무계획으로 시작한 식물 구조는 공덕동 식물유치원이라는 이름을 붙이면서 점점 커졌다. SNS에 1,000명 단위의 팔로워가 생겼고, 한 해가 지나니 신문이나 방송, 잡지, 라디오 등에서 관심을 가져주었다. 단편적으로나마 구조 활동을 소개할 수 있어 기쁜 시간이었다. SNS에서 입양 홍보 사진에 '하트'만 눌러줘도 감사한데 선뜻 입양해주시는 덕분에 졸업한 식물들의 빈자리를 새로 입학한 식물들로 다시 채울 수 있었다.

글을 쓰며 활동을 정리하다 보니 문득 공덕동 식물유치원의 끝은 어디일까 싶다. 유기된 식물이 없어 더 이상 구조 활동을 할 필요가 없어지지 않는 한 계속할 것이다. 장기전이 될 것이다. 그러니 지금까지 마음을 얹어주신 분들과 함께하는 시간을 만들어 마음을 표현하는 자리를 만들어야겠다. 공덕동 식물유치원 동창회. 작고 소중한 마음들이 모이면 큰 움직임이 된다는 것을 보여주고 싶다. 당신이 있어 지속할 수 있다는 것을 꼭 전하고 싶다. 곧 따뜻해지면 다 같이 모여 식물이나 씨앗을 나누며 마음껏 식물 이야기를 풀어야지.

어서 오세요, 식물유치원에

«

작고 소중한 마음들이
모이면 큰 움직임이 된다는 것을
보여주고 싶다.
당신이 있어 지속할 수 있다는 것을
꼭 전하고 싶다.

»

남겨진 것들은 강하다

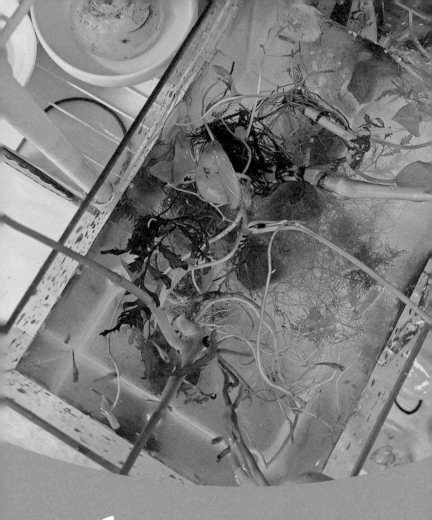

1
초보
식집사에게

죽어가는 식물을 살리는 건 전문가 선생님들의 몫이니 그렇다 치고, 잘 살고 있는 식물을 죽이지는 말자는 것이 초보 식집사의 마음이다. 식물을 살 때 물은 얼마나 자주 줘야 하는지, 햇볕은 얼마나 쬐야 하는지 등을 물어보거나 틈틈이 영상이나 책을 보며 공부하는 사람도 많다. 나도 나름 노력했지만 여럿 초록별로 보냈다. 흙 속에 손가락도 넣어보고 나무젓가락도 넣어보고 온도계, 습도계를 확인하며 매일 잘 살펴주는데도 왜 죽는 건지…. 무럭무럭 자라는 거야 기대도 안 한다. 예쁘게 수형을 잡아줄 자신도 없다. 언젠가 어린눈을 잘라버린 적이 있는 내게 가지치기란 연습을 거듭해야만 하는 미지의 세계다.

그렇게 1년 남짓 이것저것 시도해본 결과 식물을 죽이지 않고 기르는 법을 알아내고야 말았다. 모든 식물에게 해당되는지는 아직 공부 중이지만 대부분 가능했다. 심지어 주기적으로 물을 주지 않아도 된다. 거창하게 말했으나 대부분 알 만한 방법인 것 같아 머쓱하지만…. 그 방법은 바로 '수경재배'다. 식물을 물에 넣고 물이 줄어들었거나 탁해진 경우에 물갈이를 해주면 끝이다. 심지어 일주일 정도 여행을 가도 끄떡없다. 물에 식물을 꽂기만 하면 쉽게 키울 수 있다니 믿을 수 없을 것이다. 이 방법으로도 식물을 죽여본 경험이 있을 테니까. (네, 바로 저예요.) 그런 분들을 위해 식물을 수경재배하는 몇 가지 비법을 공유한다.

식물의 뿌리 부분만 물에 닿게 하기

잎이 물에 직접 닿으면 썩기 때문에 물이 탁해진다. 뿌리 가까이에 잎이 많다면 과감하게 제거하자.

식물이 담긴 병은 햇빛에 직접 닿지 않게 하기

직사광선에 노출되면 물 온도가 올라가 식물이 데워져 파김치가 되어버린다. 직사광선에 노출되는 곳인지 아닌지 헷갈릴 땐 물병을 반나절 동안 놔둔 후 물에 손을 넣어보자. 손이 뜨끈하다면 그 자리는 식물을 익히는 자리다.

어항에 키우기

우연한 기회로 구피를 키우면서 어항이 생겼는데, 공기 필터 기계가 없는 무환수 어항으로 만들려고 알아보니 물고기와 식물을 같이 두면 좋다고 해서 곧바로 어항 속에 스킨답서스와 워터코인을, 물 위에는 산세비에리아와 테이블야자, 그리고 몬스테라를 넣었다. 식물도 구피도 쑥쑥 자랐다. 얻어 온

애완 새우들이 식물의 뿌리와 잎사귀 사이를 돌아다니는 모습도 얼마나 귀여운지! 식물은 비료를 얻고 물고기와 새우는 산소를 얻는 선순환이 이루어진다. 다만 식물이 자라는 속도는 매우 느리다. 아무래도 흙보다는 영양분이 부족하므로 따로 식물 영양제를 주는 것이 좋다. 염소 제거를 위해 물을 며칠 전에 미리 받아둬야 할지 고민되겠지만 그냥 줘도 된다. 단, 정수기 물은 여러 성분이 필터로 걸러지기 때문에 수돗물을 추천한다. 반드시 너무 차갑거나 뜨겁지 않은 온도여야 한다.

이런 쉬운 방법으로 식물을 키울 수 있다니 정말 좋은데 왜 다들 안 할까 의문인 사람들을 위한 단점 소개 시간. 수경재배를 하면 식물이 빨리 자라지는 않는다. 어항에서는 생물들의 똥을 비료 삼아 잔뿌리가 자라는 모습이 실시간으로 보였는데, 맹물에서는 조화인가 의심될 정도로 성장이 더디다. 모든 식물이 수경재배가 가능하다고는 들었으나 다육식물로 도전해보지는 않았다. 관엽식물이 수경재배하기 쉬워 키울 수 있는 종류가 한정적일 수도 있다. 게다가 꽃을 피우는 식물은 영양분이 많이 필요하기 때문에 영양분을 체내에 가지고 있는 구근식물을 제외하고는 수경재배가 어려울 것이다.

초보 식집사라서 잎이 새로 나는 것보다 식물을 살리는 것에 집중하고 싶다면 수경재배를 적극 추천한다. 천천히 자라기 때문에 자리를 많이 차지하지도 않는다. 공덕동 식물유치원 SNS 계정 메시지로 자신이 키우다 죽인 식물이라며 사진을 보내주신 분이 있다. 그래서 식물을 키우고 싶은데 겁이 난다고 하셨다. 그런 일이 있고 나서도 다시 용기를 내신 것을 응원하고 싶어 수경재배를 알려드리면서 식물을 한 박스 드렸는데, 현재까지 잘 키우고 계신다.

그래도 예쁜 화분에서 쑥쑥 자라는 모습을 보고 싶은 이들을 위한 또 다른 방법은 '저면관수'다. 화분 아래에 화분 받침이나 마음에 드는 그릇을 두고 그곳에 물을 주는 것이다. 아무래도 물을 담아야 하니 보통의 화분 받침보다는 국그릇같이 조금 깊이가 있는 그릇이 좋다. 흙이 아닌 받침 그릇에 물을 주면 식물이 목마를 때 알아서 쪽쪽 물을 빨아들이기 때문에 물을 얼마나 자주 얼마큼 줘야 하는지 고민할 필요가 없다. 나는 샐러드 볼 같은 큰 그릇에 물을 왕창 부어서 줄어들 때마다 채워주는데 정말 간편하다. 특히 겨울에 많이 사는 붉은 잎을 지닌 포인세티아를 잘 기르고 싶다면 이 방법을 추천한다. 나도 아름다운 잎에 반해서 샀다가 얼마 안 가 죽여 포기했었는데, 작년에 선물받아 강제로 다시 키우게 되면서 저면관수로만 물을 줬더니 아직도 탱글탱글 잘 살아 있다.

모쪼록 식물 키우기에 관심 있지만 두려웠던 사람들이 조금 더 쉽게 도전하길 바란다. 식물을 많이 죽여본 사람이 더 잘 키운다는 말도 있으니, 비록 몇몇 식물을 초록별로 보냈더라도 털고 일어나 계속해서 도전해보면 좋겠다.

ㄹ

이름
불러주기

얼마 전까지만 해도 이름을 아는 풀이나 꽃이 정말 몇 없었다. 화원이나 미디어에서 쉽게 접하는 장미나 튤립, 백합 등 기본적인 건 얼추 알지만 정작 길에서 마주치는 식물에 대해선 몰랐다. 봄에는 흐드러지게 핀 꽃으로 꽃잎 눈을 날리는 벚나무, 여름엔 길가에 간간이 보이는 진분홍 분꽃과 노란색 해바라기, 가을엔 알록달록 물든 단풍나무와 은행나무 그리고 코스모스 정도의 이름만 알고 있었다. 이 정도면 나쁘지 않다 생각했다. 그런데 식물을 구조하다 보니 내가 아는 식물은 정말 극소수라는 걸 깨달았다. 화단과 동네 골목 곳곳에 있지만 자세히 보기 전까진 그저 다 같은 풀과 나무라고 생각하며 무심하게 지나쳤다. 심지어 벚꽃이 지면 벚나무인 줄 몰랐고, 벚꽃과 비슷하면서 뭔가 조금 다르다면 매화겠거니 생각할 뿐 구체적인 차이점을 몰랐고, 매화나무의 과실이 매실인 것도 최근에 알았으니 식물 인지능력은 없는 거나 마찬가지였다.

한국인이 안 먹는 풀은 독초라는 말이 있을 정도로 옛 어른들은 식물에 대해 빠삭하게 알고 계셨는데, 더 이상 구전되지 않는 듯싶다. 어릴 적 엄마 따라 등산하거나 봄에 쑥을 캐러 다닐 때 이따금 식물 이름들을 듣곤 했는데, 마지막으로 함께 산행한 지가 언젠지 가물가물하다. 어쩌면 내가 구전을 단절해버린 건 아닐까. 구조 활동을 하면서 나의 무지함에 놀랐다. 이름을 알아야 어떻게 키울지 파악하고, 입양 홍보할 때 더 알릴 수 있는데 이름을 모르니 번번이 막혔다.

　　이제라도 식물의 이름을 공부할 의지가 생긴 나는 인터넷에 검색하기 시작했다. '길거리 노란 꽃' '하얀 줄무늬가 있는 긴 잎사귀 식물' 이런 식으로 검색했더니 찾기가 너무 어려웠다. 인터넷에서 쉽게 찾을 줄 알았는데 생각지도 못한 난관이었다. 식물 이름 알기가 이렇게 어려웠다니…. 예전 방식대로 도서관과 서점에서 책을 구해 몇 가지는 알아냈지만, 한 장 한 장 넘겨보며 찾기가 쉽지 않았고, 비슷한데 또 다른 종인 것도 같아 명쾌하지가 않았다. 네이버 스마트렌즈도 활용해봤지만 정확하지 않고 비슷하게 생긴 다른 식물이 나오기도 해서 만족스럽지 않았다. SNS에 사진을 올려 식물 고수님께 물어본 적도 있었는데 그것도 한두 번이지 왠지 죄송하기도 하고 식물 이름을 아는 분이 없을 때도 있어서 답답했다. 게다가 학명, 유통명, 화원에서 부르는 이름 등 하나의 식물이 여러 이름을 갖고 있어서 더 헷갈렸다.

　　때마침 등산 모임에서 알게 된 언니가 '모야모'라는 어플을 이용하면 식물 사진으로 쉽게 이름을 알 수 있다고 알려 줬다. '뭐야 뭐'라고? 희한한 이름을 가진 어플을 얼른 다운받아 그동안 찍어둔 식물 사진을 올렸다. 30초나 지났을까. 핸드폰이 띠롱띠롱 울렸다. 인공지능이 아니라 모야모 어플 회원분들이 실시간으로 식물 이름을 댓글로 달아주었다. 토끼풀이랑 비슷한 잎사귀 형태지만 생김새가 다른 노란 꽃이 피는 식물은 괭이밥. 어느샌가 마당 화분 틈틈이 무수히 자라나는 생명력 강한 친구다. 괭이밥과 비슷한 노란 꽃을 지녔지만 잎 모양이 다른 식물은 애기똥풀. 손으로 줄기를 자르면 손에 주황색 물이 든다. 구조 현장에서 제일 많이 마주쳤던 길쭉한 토끼귀 모양의 잎을 가진 식물은 비비추. 여름에는 연보라색 꽃도 핀단다. 이름을 알게 되어도 계속 잊어버려서 다시금 찾아보곤 했는데 모야모 덕분에 자주 보는 친구들은 이제 이름이 익숙해졌다.

과학기술이 발전한 지금, 모든 걸 인공지능이 알려줄 줄 알았는데 아직도 사람 손이 필요한 곳들이 남아 있다. 식물도감만큼 많은 식물 이름을 아는 사람들이 있다는 것도 굉장히 신기했다. 언제 이 많은 식물의 이름을 다 배운 걸까? 비록 온라인상이지만 친절한 답변을 받으면 왠지 어떤 인디언 마을 공동체의 아이가 된 것만 같다.

윗세대의 지식을 아랫세대에게 전달해주는 것마냥 열

남겨진 것들은 강하다

심히 활동하시는 수많은 모야모 회원 덕분에 정말 많은 식물 이름을 배웠다. 어쩜 이리 빠르게 답변을 남겨주시는지 정말 감사할 따름이다. 아직도 갈 길이 한참 멀었지만 하나둘 배우다 보면 언젠가 나도 모야모 신입회원의 질문에 척척 답글을 남길 날이 오겠지?

3
우리는
모두 친구!

식물을 키우다 보니 이 재밌고 보람찬 활동을 나만 즐길 수 없어 주변에 자꾸 나눠주게 된다. 지인이나 친구, 가족은 물론이요, 일면식 없는 사람들과 온라인으로 나누기도 한다. 물론 나도 자주 나눔을 받는다. 식물을 매개로 뭔가 서로 통하는 것이 있는 건지 나이, 성별 상관없이 일단 주고받게 된다. 낯선 사람과는 쭈뼛쭈뼛하는 나를 낯가리지 않는 사람으로 만들어주는 데도 식물은 일등 공신이다.

예전엔 동네 부동산이나 미용실, 식당에서 식물 키우는 사람들을 보면 신기하고 멋지다는 생각이 들었다. 그땐 그게 다였다. 그런데 요즘은 가게만 가면 식물부터 본다. 얘는 이름이 뭘까? 어떻게 이렇게 멋지게 키우셨지? 이 식물은 꽃 보기 힘들다고 하던데 멋지게 피었네. 이런저런 생각을 하며 관찰하다 보면 가게에 왜 들어왔는지 깜빡하기 십상이다. 어느새 나타난 가게 사장님의 "예쁘죠?"라는 말로 식물 대화는 시작된다. 식물의 이름부터 어쩌다 키우게 됐는지, 번식은 어떻게 하는지 등 여러 정보를 공유하다 보면 대화의 마지막은 언제나

"조금 나눠줄까요?"로 끝난다.

대전에 여행 갔을 때, 맛집이라는 짜글이 식당에 갔다. 가게 입구를 빼곡히 채우고 있던 많은 식물, 그중에서도 '삼색 달개비'가 유독 눈에 띄었다. 나도 삼색달개비를 키우고 있었 지만 풍성하게 자란 모습이 신기해서 넋을 놓고 있으니 어느새 사장님이 내 곁에 와 말을 거셨다. "예쁘죠? 딸이 못 키우겠다 고 해서 내가 데려왔는데 이렇게 많이 자랐어." 심지어 가게 처 마 밑에 매달린 화분에 심어진 달개비도 정말 풍성했다. "진짜 잘 자라. 한번 키워봐요!" 사장님은 금방이라도 몇 뿌리 담아주 실 태세였다. "저도 키워서 괜찮아요! 정말 잘 키우셨네요. 너 무 멋져요!" 어쩐지 음식 맛도 좋더라니 방금 만난 식물 애호가 사장님과 어느새 친구가 되어 한참 이야기꽃을 피웠다.

어느 날은 신촌의 한 편의점에 들렀는데, 편의점 식사 테이블 한쪽에 보리가 자라고 있었다. 서울 한복판 편의점 안 에서 한겨울에 자라고 있는 보리라니. 궁금한 마음에 살펴보고 있으니 사장님이 슬쩍 말을 거셨다. "이게 보리예요, 보리. 신 기하죠? 키워볼래요? 너무 잘 자라. 참 예뻐!" 나도 모르게 내 민 손에는 보리 씨앗이 열 알쯤 놓여 있었다. "감사합니다! 잘 키워볼게요." 얼떨결에 받아 든 보리 씨앗을 심은 지 두 달이나 되었을까? 초록색 싹들이 훌쩍 자라났다. 마침 날도 풀려 큰 화분에 심어 옥상에 두니 한 달 좀 지나니까 큰 키를 자랑하는 멋진 청보리로 자랐다. 생각해보니 인테리어용 조화 보리나 보리차 마실 때 보는 볶은 보리 말고 흙에 심어져 있는 보리는 처음 보는 거였다. 식물을 좋아하는 사람들의 소매넣기는 언제나 새로운 경험을 선사한다.

내 자식이나 반려동물을 예뻐해주는 사람에게 마음이 열리는 것처럼, 내 식물을 예뻐하는 사람은 친한 친구처럼 느껴지는 게 식물 키우는 사람들의 마음인 것 같다. 우연히 만나 다시 보지 못할 사람일지라도 식물을 통해 잠시 마음을 나누는

것만으로도 행복하다. 마음 따뜻한 식물 애호가 친구들. 어디서고 식물을 키우는 가게를 지나칠 때면 마치 친구 가게를 보는 것 같아 싱긋 미소가 지어진다.

4
식물 친구들과의
대화

나는 엄청난 수다쟁이다. 뭐 그리 할 말이 많은지 내 머릿속은 본 것, 들은 것, 떠오른 것, 배운 것, 꿈꾼 것으로 가득 차 있고 입은 그것을 언제든 토해낼 준비가 되어 있다. 조용히 잘 경청해주는 동거인도 때론 지쳐 귀에서 피 흘릴 지경이다. (견뎌주어 고맙다.) 미안한 마음에 종종 일기를 쓰면서 내 안의 목소리를 글로 풀어내기도 한다. 말하는 거랑 글 쓰는 거는 다르지만. 아쉬운 대로 우리 집 고양이를 불러봐도 본체만체라 나의 수다는 어느새 식물에게로 넘어가게 마련이다. "안녕? 오늘 집에서 뭐 했니? 나는 있잖아…" 이런저런 일상을 공유하고 별별 이야기를 다 늘어놓아도 항상 잘 들어주는 식물 친구들. 일방적으로 대화하는 것이 아쉽지만, 들어주기만 해도 좋다. 혼자 말하다 조금 지쳐 가만히 식물을 관찰하다 보면 명상하는 것처럼 느껴지기도 한다. 무념무상. 그저 가만히 식물의 다채로운 초록빛을 바라볼 때면 살면서 인지하지 못한 살아 있음의 소중함을 느낀다. 같은 듯 다른 듯 각기 다른 모양의 이파리와 물을 나르는 줄기와 잎맥의 구불구불한 무늬를 그리듯이 따라가다 보면 무아지경에 빠진다.

그런 것도 잠시, 또다시 여러 생각이 덩굴손처럼 뻗어나간다. 식물은 내게 해주고픈 이야기가 없을까? 식물도 말할 줄 안다면 무슨 이야기를 할까 궁금하다. 내게 자신이 겪었던 일들을 이야기하는 식물을 상상하면 웃음이 나온다. 지금 우리 집 마당에 있는 식물들은 어떤 생각을 하고 있을까. 답답한 환경이 불만일지도 모른다. 순둥이들은 그럭저럭 괜찮다고 말해주려나? 물을 좀 더 자주 달라든가, 이 자리가 마음에 안 든다거나, 아프다고 이야기해준다면 더 잘 돌봐줄 수 있을 텐데. 여기까지 생각이 미치자 나는 아차 싶었다. 소리 내지 않는다고, 언어로 소통하지 않는다고 우리가 대화를 나누지 않은 게 아닌데. 식물은 항상 온몸으로 내게 말 걸고 있었는데 내가 알아차리지 못했을 뿐이다.

처져 있는 잎사귀로 목마름을, 빼꼼 내민 작은 새순으로 자라남을, 도톰한 꽃봉오리로 꽃이 필 때가 임박했음을 표현하고 있었는데 이걸 미처 대화라고 생각하지 못했다. 때로 모국어로 대화해도 소통이 안 된다고 느낄 때가 있다. 같은 언어를 공유한다지만 그게 꼭 소통으로 이어지는 법은 아니니까. 반대로 외국에서 그 나라 언어를 잘 몰라 손짓 발짓으로 대화해도 잘 통할 때가 있다. 이심전심이랄까, 역시 마음은 통하는 법이니까.

"이거 봐! 나랑 친구랑 둘이 꽃을 피웠어! 진분홍이랑 진노랑 꽃이야. 어떤 색이 더 예뻐? 우린 똑 닮았는데 색만 다르거든!" 같은 시기에 피어나 각자의 색을 뽐내고 있는 채송화와 백일홍을 보며 혼자 또 상상한다. 이젠 식물의 대화를 눈으로, 그리고 마음으로 듣는다. 언젠가 너희를 보기만 해도 텔레파시가 통하는 사이가 되도록 노력해볼게. 친구들아, 내 이야기 들어줘서 항상 고마워.

그저 가만히 식물의
다채로운 초록빛을 바라볼 때면
살면서 인지하지 못한
살아 있음의 소중함을 느낀다.

5
내게 맞는
환경

같은 환경에서 각기 다른 모습으로 자라는 식물들을 보면 신기하다. 넓게 퍼지면서 자라는 식물, 곧게 한 줄기로 올라가는 식물, 벽이나 다른 식물에 기대어 자라는 식물 등 다들 자신만의 방식으로 살아간다. 심지어 각자 맞는 온도와 습도가 있다. 축축해야만 살아갈 수 있는 식물이 있는가 하면 건조하게 지내길 원하는 식물도 있다. 어떤 환경이 이 식물의 자생지였는지 보면 대충 눈치챌 수 있다. 사막에서 자라는 선인장은 물이 적고 건조한 환경을 좋아한다. 그래서 오동통한 잎에 물을 잔뜩 머금은 선인장과 알로에 같은 다육식물들은 물을 자주 주지 않아도 된다.

　　요즘 인기가 급부상한 몬스테라의 자생지는 나무 밑, 냇가 근처라 반음지에서 축축하게 기르는 것이 좋다. 산수국도 마찬가지다. 둘이 비슷한 환경에서 자란 것 같지만 따뜻한 나라에서 바다 건너온 몬스테라는 추위에 취약하고, 한국이 자생지인 산수국에게 영하의 겨울은 잠을 자는 시기일 뿐이다. 이렇듯 모두에게 '고향'이 있다. 사람도 살아가며 오랜 시간 보낸 곳을 제2의 고향이라고 하는 것처럼, 몬스테라의 경우 따뜻한 나라가 자생지지만 한국으로 넘어오면서 어느 정도 추위는 견딜 수 있게 되어 한국의 실내에서 적응하며 살아가게 되었다.

　사람도 그런 것 같다. 똑똑한 사람, 돈 많은 사람보다 적응을 잘하는 사람이 살아남는다고 한다. '로마에 가면 로마법을 따르라'라는 구태의연한 말처럼 그곳의 환경과 문화에 적응하며 살다 보면 나의 한 부분이 그곳에 물든다. 십 대 시절의 대부분은 캐나다에서, 이십 대 시절의 절반은 영국에서 지낸 나는 한국에 돌아온 지 10년이 되었지만 또다시 내 고향인 한국에 적응 중이다. 나의 어떤 부분은 캐나다 문화에, 또 다른 부분은 영국 문화에 물들었다. 자아를 형성하는 시기에 머물렀기 때문인지 햇수에 비해 큰 면적이 물든 기분이다. 그러다 보니 스스로도, 주변에서도 나를 이중잣대로 재단하기 일쑤다. 홍차를 좋아하는 걸 보면 영국인이나 다름없다고 하는데, 나는 영국에 가기 전부터 커피보다 홍차를 좋아했다. 정작 영국에서는 홍차에 우유를 넣지 않고 마시는 나를 이방인 취급했다. (영국에서는 대체로 홍차에 우유를 넣어 마신다.) 영국에서 안개비를 1년 내내 맞고 다니다 보니 우산 따위는 필요 없는 사람이 되어 내가 비 오는 날을 좋아하는 줄 알았다. 한국에서 시원하게 내리는 폭우를 다시 맞기 전까지는 말이다.

　하나가 아닌 여러 개의 면을 지닌 나는 매번 깨지고 남은 조각 중 마음에 드는 것만을 다시 주워 붙인 모자이크 인간 같다. 여러 곳에서 시간을 보내서 그런가 했는데 우리 모두가 다 그렇더라. 학생에서 어른이 되며 깨지고, 새로운 동네로 독립하며 깨지고, 새로운 일터에서 깨진다. 그럼에도 피하지 못한 새로운 것을 계속 받아들이며 살아간다. 줏대 없는 사람인 것 같아 스스로 실망할 때도 많았다. 대나무처럼 올곧이 서 있고 싶었기에 끝없이 실망했다. 하지만 대나무 숲은 대나무의 번식 방법 때문에 땅속에 한 뿌리로 연결되어 있다고 한다. 잔디밭의 잔디가 여러 개인 것 같지만 뿌리는 하나이듯이, 나라는 하나의 대나무가 꺾이더라도 수많은 내가 뿌리부터 이어져 결국 땅 위에 숲을 이루고 있는 것이다.

자생지에서 혹은 화원에서 떠나 우리 집에 도달한 식물들을 보며 새삼스레 대단함을 느낀다. 달라진 환경에서 자신이 할 수 있는 한 최선을 다하며 적응하는 모습에. 나 역시 아주 완벽하게 환경을 바꿔줄 순 없지만 식물의 상태에 관심을 갖고 이리저리 빛의 양을 조절해 재배치하면서 우린 서로에게 맞춰주고 있다. 마당 자리 중 명당이라 생각한 빛 잘 드는 곳에 당근마켓에서 산 산수국을 두고 애지중지 보살폈는데 어느새 잎이 타들어갔다. 물이 많은가 적은가 고민하다 산수국의 자생지를 보고 깨달았다. 그늘에 있어야 하는 친구였던 것이다. 모든 식물은 햇빛이 많이 필요하다고 생각했던 나의 고정관념 때문에 태워 죽일 뻔했다. 부랴부랴 적당히 그늘진 자리로 옮겨주니 새로운 싹이 뿅뿅 솟아났다. 자생지처럼 물가 근처 큰 나무 아래 심는 것은 무리지만, 내가 할 수 있는 한도에서 가장 좋은 환경을 만들어주니 화답하듯 연둣빛 새싹들이 올라왔다.

나는 아직도 내 자리를 찾지 못해 헤매고 있다. 어떤 것이 내게 잘 맞는지 알기 어렵다. 어디든 갈 수 있는 어른이 됐지만 결국 나를 묶어두고 있는 것은 나다. 스스로를 아직 잘 이해하지 못했기 때문이다. 산수국이 변화에 적응하는 것은 봤지만, 내가 환경에 어떻게 변화하고 반응하는지에 대해서는 객관적인 이해와 관찰이 부족하다. 나를 잘 관찰하고 파악해서 산수국처럼 변화에 유연하게 대처하는 사람이고 싶다.

6

유치원 실험장

공덕동 식물유치원 한편에는 어른 손 두 개만 한 넓이의 낮은 화분이 하나 있다. 넓고 얕게 자라는 식물이 뭔지 잘 몰라 방치했던 이 화분은 어느 날부터 실험장으로 탈바꿈했다. 가지치기하며 잘라낸 가지가 뿌리를 내려 또 하나의 식물로 번식하는 경우가 왕왕 있다. 때로는 잎사귀 하나로 화분 몇 개를 차지할 정도로 번식력이 어마무시한 식물도 있다. 크게 자라던 달개비와 콜레우스를 가지치기하고 하나둘 모았던 가지들을 빈 화분에 꽂아두었다. 생각보다 빠르게 자리 잡은 식물을 조심스럽게 뽑아보면 실한 뿌리를 뽐내고 있다.

잘 자라고 있구나!

그럼 더 넓은 화분으로 독립시켜준다. 옹기종기 뿌리도 없이 함께했던 식물들을 뒤로하고. 왠지 성인이 되어 독립하는 것처럼 새 화분으로 이사한 것을 보면, 한 것도 없지만 참 뿌듯하다. 독립하여 온전히 자리를 잡으면 멋진 증명사진을 찍어 온라인과 오프라인으로 홍보한다. 또 다른 가정으로 이사 가 멋진 자태를 뽐내길 바라면서.

비실비실한 상태로 구조된 식물들도 이 실험장에 심어진다. 원래 있던 곳에서 송두리째 뿌리 뽑혀 오는 동안 아무래도 힘들었을 것이다. 난생처음 보는 누군가의 손에 갑자기 옮겨졌으니 말이다. 재개발 단지에서 사람 손을 타지 않고도 잘 지냈던 식물들이라 고맙게도 공덕동 식물유치원에 와서도 잘 자라는 친구들이 대부분이지만, 몇몇은 상태가 심상치 않다. 식물 전문가가 아닌 억척스러운 내 손에 뽑혔으니 뿌리가 상하는 경우도 부지기수다. 게다가 구조한 식물 대부분은 내가 처음 키워보는 식물이라 아무리 공부해서 돌봐도 영 상태가 시원찮을 때도 있다. 걱정에 비해 조치할 방법이 마뜩잖아 그런 친구들을 실험장에 심어준다. 여기서도 못 버티면 나도 살릴 수 없으니 안타깝지만 보내줄 생각으로 조심스레 이사시킨다.

왜인지 모르겠으나 실험장으로 이사한 대부분의 친구들은 놀라운 회복세를 보였다. 때론 소생되지 않아 초록별로 보내기도 했지만 살아나는 친구들이 더 많았다. 회색지대에서 시간을 보내며 힘을 비축한 후 자신의 길을 선택하는 것처럼 느껴졌다. 비실비실 힘 없이 축 늘어진 초록 잎이 물에서도 바람에서도 햇빛에서도 힘을 얻지 못하다가 웬일인지 실험장에서 지내다 보면 어느새 힘이 생겨 쌩쌩해졌다.

나도 그 어느 것에 위안을 얻지 못할 때 실험장 속 하나의 식물이 되어본다. 외부 자극을 피해 쉬다 보면 튼튼해지니

까. 식물에게도 우리에게도 잠시 쉬어갈 실험장이 필요하다. 항상 기운차게 살아날 거란 보장은 없지만 포기하기 전에 잠시 쉬어가는 순간은 인간에게나 식물에게나 반드시 필요하다.

남겨진 것들은 강하다

《

항상 기운차게 살아날 거란
보장은 없지만 포기하기 전에
잠시 쉬어가는 순간은 인간에게나
식물에게나 반드시 필요하다.

》

7

우리의
산야초랜드

지금과 다를 것 없이 식물원과 공원을 좋아하던 이십 대 초반, 친구들과 처음 가본 포천에 위치한 허브아일랜드는 놀라움을 연속으로 안겨주었다. 아름다운 실내외 허브 정원과 그곳에서 수확한 허브로 만든 빵과 차, 비누를 제공하는 허브아일랜드는 진정 꿈의 공간이었다. 언젠가 소중한 내 짝이 생기면 작은 오두막 여러 채에 손님을 재우고 밭에서 수확한 허브와 채소로 그들을 먹이며 소소하게 살겠다고 은퇴 후 플랜을 짰더랬다. 이후 10여 년 동안 기회가 될 때마다 전국 곳곳의 허브 농원에 갔고 여러 군데를 다녀보니 엇비슷한 테마들에 점점 감흥이 떨어졌다.

그러던 어느 날, 지금의 동거인이 따뜻한 나라에서 잘 자라는 허브보다는 우리나라에서 나고 자라는 토종 식물들로 이뤄진 공간을 만들면 재밌을 것 같다고 이야기했다. 우리나라에도 허브에 버금가는 멋진 꽃과 향기를 가진, 식용도 가능한 식물들이 많은데 왜 나는 그런 생각을 못했지?

'산야초랜드'. 이름까지 지은 우리만의 농원이 내 머릿

속을 헤집어놓았다. 한편에는 별모양 꽃을 가진 도라지가 보랏빛과 하얀빛을 뽐내며 흔들거리고, 이국적인 버들마편초, 금빛의 유채꽃과 금계국, 알록달록 코스모스 등이 무리 지어 무수히 흔들리는 멋진 풍경이. 한국의 추운 날씨에도 잘 버티고 지내줄 식물들이 점점이 모자이크를 만들어 완성되는 곳.

뜻이 있는 곳에 길이 있다고 했던가? 항상 농담하며 바랐던 5만 평의 부지는 아직 얻지 못했지만 여느 때와 다름없이 방문한 연희동 재개발 단지 한구석에서 새로운 영감을 얻었다. 절반쯤 부서진 스티로폼 화분 속에서 가녀린 잎사귀를 흔들며 더운 여름의 열기와 함께 향긋하고 상쾌한 향을 뿜어내던 식물 덕분이었다. 마스크를 내리니 콧구멍으로 기분 좋은 향이 훅 들어왔다. 식물 고수님들에게 이름을 묻기 위해 부랴부랴 사진을 찍어 모야모에 올렸다. 첫 댓글을 달아주시는 분은 거의 아이리스 님이다. (이 자리를 빌려 다시 감사 인사를.) 어김없이 아이리스 님의 빠른 답변으로 이 친구의 이름을 알게 되었다. 개똥쑥. 개똥이라니 너무한 거 아닌가? 안타깝게도 이 향을 맡은 우리 조상 누군가는 개똥 냄새라고 생각해 개똥쑥이라고 이름 붙인 것이다.

생각해보면 자주 접해서 쉽게 이름을 아는 꽃은 대부분 외래종이다. 튤립이나 장미, 해바라기 등 아는 식물을 떠올리다 보면 내가 아는 한국 토종 자생식물은 뚜렷하게 없다. 벚꽃

과 도라지꽃 정도일까? 한국에서 나고 자란 식물 혹은 외국 태생이지만 적응을 완료한 귀화 식물이 훨씬 키우기 쉽다. 한국 여름의 뜨거운 볕에도, 매서운 겨울 바람에도 이미 적응한 친구들이라 그렇다. 새로운 해외종 식물을 키우는 것도 흥미롭지만 세심하게 돌보지 못하는 나에겐 영 어려운 친구들이다.

어찌 보면 어르신들이 주로 키우는 식물과 내가 추구하는 식물은 같다. 이미 유행이 한참 지나 촌스럽게 느껴지기도 하고 별 관심이 가지 않는 식물들. 언젠가는 토종 식물들과 한국에 적응한 식물들로 가득 꾸며진 농원이 생기길 바란다. 내가 운영하고 싶은 욕심은 굴뚝이지만, 누군들 꾸려준다면 좋을 것 같다.

8

골목
이별 축제

재개발 단지를 돌아다니며 기웃기웃 구경하다 보면, 이
곳에서 살았던 사람들의 이야기가 문득 궁금해진다. 저 집 담
장 안의 커다란 대추나무는 혹시 자녀의 탄생을 기념하며 심었
을까? 감나무가 있는 저 집은 가을에 고운 주황빛으로 익었을
감들을 기다란 장대로 땄을까? 화분이 많은 이 집은 주인이 식
물을 엄청 좋아했나 보다. 능소화로 뒤덮인 담벼락은 여느 벽
화보다 아름답고, 장미 덩굴이 장악한 담벼락이 길게 늘어선
골목에선 바람이 불 때마다 짙은 꽃향기가 코끝을 간질인다.
빈집을 보며 이런저런 상상의 나래를 펼치면서 지금은 떠난 주
민들이 살던 당시 북적이던 마을의 모습을 그려보곤 한다.

　　하지만 재개발 단지 곳곳엔 쓰레기 냄새가 풍기고, 깨
진 유리창과 굵은 철사로 감긴 대문, 곳곳에 스프레이로 표시
된 '가스 X' 같은 표식들이 왠지 모를 위화감을 불러일으킨다.
빈집에 들어가면 안 된다는 경고 스티커는 괜히 우범지대라고
인식하게 한다. 대낮에 동네를 걷기만 해도 뭐 하는 사람이냐
며 날을 세운 질문을 받기만 여러 차례다.

뿌리내린 자리에 남아 조용히 생장하는 식물을 볼 때면 여러 생각이 든다. 만약 내가 이 동네 거주민이었다면 어떻게 했을까? 키우던 식물들을 데려갈 수 없는 형편이라면 난 무엇을 했을까? 아마 동네 주민들을 모아 '골목 이별 축제'를 열었을 것 같다. 말이 축제지, 그냥 동네 사람들이 하루 동안 외부인을 초대하는 것이다. 식물뿐만 아니라 더 이상 쓰지 않을 물건들을 나누거나 파는 축제. 빈집에 버리고 가면 쓰레기가 되지만, 누군가에게는 필요할 수 있다. 정원에 무성하게 자라 군락을 만든 옥잠화와 비비추를 방문객들이 직접 캐서 가져갈 수 있는 기회의 장. 내 마당은 재개발과 함께 곧 사라지지만, 함께 지내던 식물들은 다른 누군가의 집에서 무럭무럭 자라며 삶을 이어갈 수 있을 테니 말이다. 사라지는 것을 모두 붙잡을 순 없지만 조금만 노력하면 더 길게 기억할 수 있으니까.

지금의 공덕동 식물유치원도 오래된 한옥을 개조한 집으로, 언제 재개발될지 모르는 지역에 자리 잡고 있어 남 일 같지 않아 그런가 싶다. 고작 2년 정도 산 세입자일 뿐인데도 이곳을 떠날 날이 벌써 걱정된다. 어디 집뿐인가. 골목길을 들어오며 마주하는 이웃들의 멋진 방아, 고추, 채송화, 라일락, 모란 화분과 나만 보면 으르렁대는 동네 강아지 뽀식이와 얌전한 못난이까지. 이 모두와 헤어져야 한다 생각하면 마음 한구석이 시리다.

　　이웃분들 화분에 물 한 번 준 적 없고, 뽀식이나 못난이
랑 아직 친해지지도 못했는데. 골목 쉼터의 할머님들과도 짧은
안부 인사 정도를 나눴을 뿐인데 정이란 게 뭔지. 이곳에서 언
제까지 살 수 있을지는 모르지만, 만약 이 동네의 마지막을 함
께하는 주민 중 한 명이 된다면 나는 '골목 이별 축제'를 열고
싶다. 이곳에서 살던 우리의 추억을 다 함께 마무리할 수 있게.
식물들의 다음을 기원할 수 있게 말이다.

9

죽은 식물의
세계

애지중지 키우던 식물은 잎사귀만 떨어져도 속상하다. 오래된 잎은 떨어지고 새로운 잎이 나는 것이 자연스러운 일임을 알면서도 혹시나 아픈 게 아닐까 걱정되기도 한다. 식물 구조 활동을 하기 전에는 죽어 있는 사물만 줍곤 했다. 누군가 버린 의자, 사이드 테이블, 책, 그릇, 빈 병 등. 새로운 공산품을 사기보다는 손때 탄 물건을 보물찾기하듯 발견하는 것이 기뻤다. 누군가 버린 쓰레기를 재활용하면 환경 보호에 작은 보탬이 되는 것 같아 뿌듯하기도 했고. 사물만 구조하던 내가 살아 있는 식물을 구조할 땐 죽이면 어쩌지 노심초사했지만 다행히 대부분 잘 살아주었다. 그럼에도 불구하고 100% 살려낼 수 있던 건 아니기에 죽은 식물도 있었고, 살았지만 볼품없이 자란 식물도 있었다.

　　아주 어릴 적 어느 가을날 엄마 따라 설악산으로 단풍놀이하러 가서 붉은 단풍잎과 샛노란 은행잎을 주워 왔던 기억이 있다. 아마도 내가 기억하는 가장 어릴 때의 기억 같은데 그때부터 줍는 것을 좋아하게 되었을까? 몇십 년이 지난 지금도

해변에 가면 조개나 소라 껍데기를 줍고, 산에 가면 솔방울이나 도토리 뚜껑, 떨어진 잎사귀들을 줍고, 도시에선 다양한 쓰레기 중 쓸모 있어 보이는 것을 줍고 다닌다. 나에겐 여행을 추억할 수 있는 예쁘고 진귀한 보물이다. 그런데 집에 가져오니 쓸모없는 예쁜 쓰레기가 되기도 한다. 이래서 인형이나 피규어도 잘 구매하지 않는데 혹하는 마음에 주워 온 예쁜 것들이 어느새 애물단지로 전락한 것이다. 차마 버리지 못하고 집 한구석에 모아둔 떨어진 잎사귀, 말라 죽어버린 율마의 뾰족한 가지들도 마찬가지였다.

아끼는 마음의 반도 잘 챙겨주지 못해 아쉽던 차에 테라리움과 하바리움에 대해 알게 되었다. 테라리움은 살아 있는 작은 식물과 이끼로 유리병 안에 작은 생태계를 만드는 것이고, 하바리움은 허브와 아쿠아리움의 합성어로 주로 말린 꽃이나 프리저브드 식물을 병에 넣고 미네랄 오일을 기포가 생기지 않도록 살살 넣어 완성하는 것이다.

테라리움을 알고 나니 주워 온 것들을 활용해서 만들어보면 어떨까 하는 아이디어가 떠올랐다. 거기에 모래를 이용한 일본식 젠가든 요소를 추가해서 '사화정원'이라는 나만의 보물 수집 유리 볼을 만들었다. 적당한 크기의 유리 볼 안에 모래를 3분의 1 정도 깔고 그 위에 내가 수집한 이미 죽은 자연물을 넣는 것이다. 살아 있는 식물들을 넣는 일반 테라리움과 다르게

돌봐줄 필요가 없고 하바리움처럼 미네랄 오일을 넣지 않으니 이리저리 교체할 수 있다. 모래 위에 내 마음대로 수집한 조개나 소라 껍데기, 솔방울, 떨어진 식물 잎이나 말린 꽃 등을 꽂아 완성하면 끝. 새로 생긴 작은 보물을 언제나 추가할 수 있는 점도 마음에 들었다.

줍는 것은 잘하지만 주워 온 것을 잘 보관하지 못했던 내게 안성맞춤인 수집함이었다. 마른 고사리 잎사귀를 보며 처음 고사리 이파리가 떨어져 놀랐던 날을 기억하고, 갈색으로 마른 뾰족한 율마 가시를 보며 세 번이나 죽인 율마들을 떠올리며 반성하고, 강원도 고성해변에서 주운 조개껍데기도 추억할 수 있어 좋다. 집 안 곳곳에 흩어져 있을 때와는 달리 한곳에 모여 있으니 또 다른 분위기를 만들어낸다. 식물이 죽으면 다시는 못 키우겠다며 포기 선언을 하던 내가 어느덧 이파리 한 장에도 종종거리는 사람이 되었다. 식물을 죽이는 건 너무나 안타까운 일이지만 일부분이라도 추억하며 반추할 수 있어 감사하다. 이번 봄엔 네 번째 율마를 들여 잘 키워보고 싶다.

10
경험이라는
거름

공덕동 식물유치원에는 구매해 온 식물도 꽤 있다. 나는 특히 허브 종류를 매우 좋아해 마당 있는 집으로 이사 온 후 로즈메리와 라벤더를 제일 먼저 샀다. 허브는 따뜻한 날씨를 좋아하는 식물이라 여름엔 별 탈 없이 길렀는데, 슬슬 추운 겨울이 다가오자 두려워졌다. 길고 추운 겨울을 어떻게 해야 잘 견딜 수 있으려나…. 다행히도 따뜻한 집 안에 옮겨두었더니 우려했던 것보다 겨우내 잘 버텨주었다. 새잎이 나거나 꽃을 피우는 정도는 아니었지만 집에서 다른 식물과 함께 옹기종기 모여 식물등으로 광합성을 하며 지냈다. 봄이 찾아오면 마당에서 햇볕과 바람을 실컷 누릴 수 있게 해주겠다고 약속했다. 사람이야 아무리 추워도 때때로 외출하며 콧바람도 쐬지만 야외에 살던 식물이 몇 달 동안 집에만 있으면 얼마나 답답할까 마음이 쓰였다.

밤바람에 찬 기운이 사라진 듯해 집 안에서 겨울나기를 하던 식물들을 하나둘 마당으로 다시 꺼내주었다. 나도 이렇게 상쾌한데 식물들은 얼마나 기쁠까. 보드라운 봄바람에 로즈메리와 라벤더의 작은 잎들이 춤을 추는 듯 움직였다. 그러고 얼마 후⋯ 로즈메리와 라벤더가 시름시름 앓더니 죽어버렸다. 벌레가 꼬였던 탓인지, 물을 많이 줘서인지, 분갈이를 바로 했어야 했는지 여러 생각이 한꺼번에 떠올라 머릿속이 복잡했지만 정확한 이유는 알 수 없었다. 걱정하던 힘든 시기는 다 끝났다고 생각했는데, 조금 방심한 사이에 초록별로 떠난 것이다.

한고비 넘겼다고 생각했는데 고비의 끝은 없던 것인가. 식물을 죽인 경험이 처음은 아니기에 슬픔에 빠지지 않으려고 하는 편인데 이때는 좀 충격적이었다. 추위에 무너지지 말라고 노심초사하며 보낸 몇 달이 허공에 날아간 기분이었다. 아무리 생각해도 환경이 아닌 내 잘못 때문에 죽은 것 같아 마음이 아팠다.

몇 년 전 새로운 사업을 시작한 나에게 친구가 개업 기념으로 멋진 토분에 심겨 있는 스노우사파이어라는 식물을 선물해준 적이 있다. 초록 잎사귀에 하얀 무늬가 흩뿌려진 모습이 이름과 걸맞게 아름다웠다. 서울의 가게에서 기르던 중 코로나19의 타격으로 지방을 전전하게 되면서 식물을 돌보기가 쉽지 않았다. 틈틈이 서울에 올라올 때마다 물을 주었지만 스노우사파이어는 얼마 못 가 초록별로 떠났다. 역시 난 식물을 돌볼 자격이 없다고 자책하며 식물 키우기를 잠시 중단했다.

그러던 어느 날 당근마켓에서 우연히 작은 스노우사파

이어를 보았다. 키우고 싶지만 저번에도 죽었는데 다시 키울 자격이 있을까 고심하던 차, 이번에 제대로 키워보면 다르지 않을까 알 수 없는 용기가 생겼다. 그렇게 거래 성사 후 집에 데려와 지금까지 잘 키우고 있다. 순둥이라 그런지 탈 없이 자라고 있다. 돌이켜 보니 이미 한 번 실패한 후에 다시 도전하는 거라 더 두려웠던 것 같다.

하지만 로즈메리와 라벤더는 한두 번 도전해본 식물이 아니었다. 여러 번 키웠으나 늘 초록별로 보낸 전적이 있었다. 실패 확률 100%의 전적을 가진 나는 일단 두려움을 이겨내야만 했다. 더 이상 실패하고 싶지 않아 도전조차 하기 싫을 때가 있다. 어떤 것은 내 마음 깊은 곳에 숨겨둔 '실패 박스'에 넣어두고 꽁꽁 싸맨다. 하지만 식물 키우기는 언제나 실패 박스를 벗어나 도전 박스로 돌진한다. 몇 달 후 식물원에서 파는 로즈메리를 또 한 포트 샀고, 아직까지 생존 중이다. 사실 이 도전이 성공 박스에 들어가려면 내가 식물보다 먼저 떠나야 하는 것 아닌가 싶기도 하지만. 식물을 잘 살리려는 도전은 언제나 현재진행형일 수밖에 없다. 이번엔 함께 해피엔딩을 맞이하길 바라며!

실패 없이 식물 키우기 쉽지 않다는 걸 알면서도 계속해서 도전하는 자체가 멋진 것이다. 그러다 보면 나와는 안 맞는 식물을 알게 되고, 어느 정도 포기하는 것도 배운다. 초록별로 떠난 식물은 우리가 다음 식물을 더 잘 키울 수 있는 '경험'이라는 밑거름을 남겨준다.

남겨진 것들은 강하다

"

초록별로 떠난 식물은
우리가 다음 식물을 더 잘 키울 수 있는
'경험'이라는 밑거름을 남겨준다.

"

11
자연스러움이란

어느덧 늘어난 식물들을 더 잘 키우고 싶은 마음에 재배 방법을 찾아보다 놀랐다. 잎을 더 풍성하게 만들기 위해 필요하지 않을 때 가지치고, 위로 더 크지 말라고 새순을 자르고, 외목대로 만들겠다며 가지를 자르는 등 인위적으로 모양을 다듬으며 키우는 방법이 여럿 보였다. 나도 가끔 필요하다 싶으면 가지치기 정도 시도한다. 그러다 과연 이 부분을 잘라주는 것이 맞을까 걱정돼서 동동거리다 보면 그냥 자연스럽게 키우는 게 제일 좋지 않나? 하는 마음에 가위를 내려놓게 된다. 자연에선 누군가 잘라주지 않아도 잘 컸을 테니까.

인간이야 주체적으로 자신을 어떻게 가꿀지 고민한다. 극단적으로 전족이나 코르셋을 필수로 여겼던 문화도 있었고, 서비스업계에서는 용모단정이 우선시되기도 한다. 인간의 욕심에 의해 동물의 귀나 꼬리를 자르는 일이 아직도 빈번히 행해지기도 한다. 모든 것이 오로지 보편적인 아름다움에 부합하기 위해서다. 식물에 대입하면 가장 먼저 떠오르는 것은 '분재 철사'다. 아직 작고 여린 새로 난 가지를 와이어로 뒤틀어 고정

시켜 인간이 보기에 아름답게 만드는 재배법이다. 자연에서 덩굴은 닿는 대로 휘고, 묵직한 소나무도 바닷바람이 부는 대로 휘어 자란다. 인간의 손길이 닿지 않아도 나름대로 생존을 위해 이리저리 서서히 움직이다 보면 마치 누군가 만들어놓은 듯한 독특한 형태로 변하는 것이다. 하지만 분재철사 재배법은 인간이 원하는 대로 인위적으로 모양을 만든다.

어느 날 연희동 재개발 단지에서 만난 국화가 회오리 모양으로 자라고 있었다. 사람의 손길이 떠난 후 어찌된 영문인지 화분이 엎어졌고, 누운 채로 바람에 구르다 보니 햇빛을 따라 뱅글뱅글 돌아가는 형태로 가지를 계속 뻗어나간 것으로 보였다. 내가 알고 있던 국화와는 전혀 다른 처음 보는 모습이었지만, 하늘을 보며 자유롭게 자란 모습이 어쩐지 경이로웠다. 구조했지만 수형을 어찌 잡아야 할지 난감했다. 내가 알고 있는 '자연스러운 모습'으로 만들자니 결국 인위적인 방법을 택해야 하는 모순적인 상황이 되어버린 것이다. 결국 꽃이 다지고 나서야 동면을 위해 가지를 잘랐다. 다행히 다음 해 봄, 다시 싹과 꽃을 피우며 잘 커주었다.

우리가 생각하고 규정짓는 '자연스러움'이란 무엇일까. 내가 편하자고, 주변에서 시키는 대로 해야 할 것 같아서, 다들 그렇게 한다는 이유로 식물을 재단한다. 하지만 식물은 자르든 자르지 않든 언제나 고요하다. 다 잘리고 나서도 또 다른 곳에서 고요히 싹을 틔워낸다. 내 고민은 식물의 위대한 성장 앞에서 하잘것없어진다.

원래 병충해도 겪는 거야, 벌레 좀 있으면 어때, 갑자기 버섯이 생길 수도 있지. 나름 자연스럽게 식물을 키우고 싶어 내버려두며 키웠다. 그러다 우연히 방문한 화원에서 로즈메리를 한 포트 구입했는데 사장님이 "이건 '진짜 흙'에 심은 거야. 그러니 더 잘 자랄 거야."라고 하셨다. 그랬다. 여태 내가 산 상토는 진짜 흙이 아니었다. 생각해보면 넓은 땅에서 자라던 식물을 구조해 화분에 가두고 키우는 것, 열대우림에서 자라는 식물들을 추위와 더위가 극한으로 치닫는 이 나라에서 키우는 것 모두 자연스럽지 않았는데 난 왜 몰랐을까?

결국 나는 '자연스럽게' 식물을 키우고 싶었지만, 자연스러움이 뭔지 모르는 사람이었다. 자연에서 자랄 땐 가지치기 따위 필요 없다고 생각한 것도 착각이었다. 비바람이 치던 날 버스정류장 화단에 심어진 콜레우스의 가지들이 바닥에 떨어진 것을 보면서 자연의 방식으로 나름대로 가지치기를 하고 있구나 깨달았다. 다람쥐나 새, 거친 바람과 비가 때때로 가지를 잘라주고 있었는데, 또 내 관점에서만 판단한 것이다. 나의 얄팍한 생각에 헛웃음이 나왔다.

최대한 식물의 자생지와 비슷한 환경을 만들어 키우려

고 노력하는 사람도 많다. SNS 친구 중엔 멋진 온실에 가습기와 통풍을 위한 서큘레이터, 온도와 습도를 확인할 수 있는 기계를 구비해두고 열심히 가꾸는 이들도 있다. 나는 게으른 데다가 모시는 건 고양이 한 마리로 족해서 타이머 기능이 있는 식물등 정도가 최선인데 말이다.

결국 나름의 방식으로 시행착오를 겪으며 서로에게 자연스럽게 적응하는 게 진정 자연스러운 것이다. 내가 집착했던 '자연스러움'이란 결국 환경과 문화에 따라 달라지는 것이기에, 어느 것이 자연스럽고 어느 것이 인위적인지 따지는 이분법적인 사고를 내려놓는 게 자연스러운 거라 결론지었다. 아직이도 저도 선택하기 어려울 때도 있지만, 각자의 상황과 소신에 맞게 자연스럽게 적응하며 같이 살아가면 되지 않을까.

《

결국 나름의 방식으로
시행착오를 겪으며 서로에게
자연스럽게 적응하는 게
진정 자연스러운 것이다.

》

1ㄹ
다음을 위한
준비

겨울에 태어나 겨울 스포츠를 좋아하고, 연말의 포근하고 따뜻한 들뜬 분위기를 좋아하고, 안 먹고는 못 배기는 겨울 간식 붕어빵과 군고구마를 좋아하고, 앉은자리에서 뚝딱 해치우는 귤도 좋아한다. 겨울은 생각할수록 정말 매력적인 계절이다. 그런 내가 2년 전부터 겨울에 심드렁해졌다. 이게 다 식물 때문이다. 추운 날씨엔 식물 구조 활동도 할 수 없고 식물들의 성장도 더디기 때문에 다른 계절에 비해 관찰하는 재미도 떨어진다. 이제는 그렇게 좋아하던 추운 계절이 없는 나라로 떠나고 싶다는 생각마저 종종 든다. 뼈가 시리는 나이가 찾아오기 전에 꼭 따뜻한 남쪽으로 이동하고 싶다. 그다지 춥지 않은 남해에서는 마당에 로즈메리를 심어 노지에서 겨울을 날 수 있다던데… 부러움에 몸이 배배 꼬인다. 하여튼 겨울엔 SNS에도 식물 소식이 뜸해지는 걸 보면 나만 이런 것 같지는 않다.

집 안의 식물을 가만히 보니 겨울이라 성장이 멈춘 것 같지만 사실 계속 활동하고 있었다. 마치 핸드폰의 초절전 모드처럼. 나도 무료한 겨울을 긍정적으로 생각하고 쉬어가는 시간을 가지며 다음을 준비하기로 했다. 사실 이 시기만큼 식물에 손이 덜 가는 때도 없으니 다른 활동을 하기 딱 좋은 때다. 이참에 식물에 관한 지식을 쌓기로 매년 겨울 다짐한다. 항상 느낌적인 느낌으로 감에 의지해 식물을 키우면서 문제가 생기거나 궁금한 것이 있으면 그때그때 검색해 임기응변으로 해치웠는데, 이젠 조금 더 체계적일 필요를 느껴 공부도 틈틈이 한다. 바빠서 미뤄두었던 식물원 구경도 다니고 겨울 등산의 묘미도 찾다 보면 길고 긴 겨울도 금방 지나간다.

또 금방 겨울이 지나가고 봄이 오겠지. 봄이 찾아오면 조금 더 나은 방법으로 분갈이하고, 삽목도 새로 도전해볼 생각이다. 무언가를 기다리면 시간이 더 더디게 가서 지겹다고만

남겨진 것들은 강하다

생각했는데, 그 시간을 부지런히 활용한다면 나도 식물도 더 나은 봄을 맞이할 수 있다. 새로운 봄엔 조금 더 준비된 식집사의 모습으로 더 많은 식물을 구조하고 살려낼 수 있길 바란다.

먼저 공덕동 식물유치원의 활동을 한 권의 책으로 엮는 여정에 함께해주신 모든 분께 감사드립니다. 환경 문제에 관심이 많았지만 철저하게 환경을 위한 삶을 살기엔 능력이 부족했고, 동물권에 관심이 많았지만 건강한 비건 생활을 하기엔 의지가 부족했습니다. 버림받은 동물과 식물들을 구조하기엔 여건이 안 된다고 변명만 하며 살았습니다. 하지만 더 이상 회피하지 않고 제가 할 수 있는 일을 하고 싶었습니다. 그래서 조금의 가능성과 희망을 가지고 시작한 활동이 바로 '공덕동 식물유치원'입니다.

버림받은 적 없는 삶이었지만, 왜인지 남겨지고 버려진 것에 제 자신을 투영하게 되면서 관심이 생겼습니다. 남이 버린 접시, 영수증, 담뱃갑, 종이상자에 그림을 그리고, 길에 버려진 것이 마음에 들면 주워 오고, 주변 언니들이 물려주는 옷을 얻어 입었어요. 버리면 쓰레기가 되지만 또 다른 누군가에게는 유용한 것이 된다는 점이 좋았습니다. 저 또한 누군가에겐 쓸모 있는 사람이지 않을까 희망을 가지게 됐고요.

피부색이 다르면, 성별이 다르면, 출신이 다르면 인간 취급을 받지 못했던 시절이 있었습니다. 인간이 아닌 생명체는 생명으로도 여겨지지 못했던 시절이었지요. 지금은 인간뿐 아니라 모든 살아 있는 생명체의 권리를 존중하기 위해 많은 이들이 노력하고 있습니다. 언젠가 어느 식물도 허투루 다뤄지지 않을 날이 올 거라고 믿습니다. 아직 서투른 초보 식집사지만 저 또한 할 수 있는 만큼 해보려 합니다.

혹여나 식물을 구조하고 싶은 분들을 위해 방법을 공유해드릴게요.

- 버려진 식물인지 확인합니다. 주인이 있는 식물일 수 있으니 확인 필수!
- 손이나 작은 삽으로 뿌리 주변의 흙을 살살 팝니다. 목장갑을 끼면 더 좋아요.
- 식물의 뿌리를 캐내자마자 물에 젖은 키친타월 혹은 손수건으로 감쌉니다. 촉촉하게 유지해야 해요.

아주 쉽죠? 집에 데려가 물이 담긴 병에 담아두거나 흙에 바로 심어주면 됩니다. 집에 오는 동안 시들해졌어도 금방 생기를 되찾으니 걱정 마세요.

공덕동 식물유치원의 활동에 관심 주신 여러분 덕분에 여기까지 올 수 있었습니다. 덕분에 글도 써보고, 오프라인 식물 모임도 열어 식집사님들과의 만남도 가지고 있습니다. 봄이 오면 왜 이리 마음이 설렐까요. 식물보다는 아주 둔하지만, 사람도 계절을 타나 봅니다. 새로이 시작하는 봄, 올해엔 어느 장소에서 어떤 식물 친구와 인연이 닿아 식물유치원으로 데려오게 될까요. 더 많은 사람들이 식물을 버리지 않고 끝까지 보살펴주길 바라는 마음을 담아 글을 마칩니다.

서울 내 재개발 단지 제보와 식물 분양 문의는 언제나 환영합니다!

재개발 단지에 버려진 식물을 구조하는
여기는 '공덕동 식물유치원'입니다

1판 1쇄 찍음 2023년 3월 29일
1판 1쇄 펴냄 2023년 4월 5일

지은이   백수혜

편집	정예슬 황유라 김지향	펴낸이	박상준
교정교열	안강휘	펴낸곳	세미콜론
디자인	서주성	출판등록	1997. 3. 24. (제16-1444호)
미술	김낙훈 한나은 김혜수 이미화		06027 서울특별시
마케팅	정대용 허진호 김채훈 홍수현		강남구 도산대로1길 62
	이지원 이지혜 이호정	대표전화	515-2000
홍보	이시윤 윤영우	팩시밀리	515-2007
저작권	남유선 김다정 송지영	편집부	517-4263
제작	임지헌 김한수 임수아	팩시밀리	515-2329
관리	박경희 김도희 김지현		

ISBN   979-11-92908-45-8 03810

✳   세미콜론은 민음사 출판그룹의 만화·예술·라이프스타일 브랜드입니다.
www.semicolon.co.kr

트위터 semicolon_books   페이스북 SemicolonBooks
인스타그램 semicolon.books   유튜브 세미콜론TV